W0059148

Mords Schafe

Anthologie

SIEBEN VERLAG

Herausgeber: Der Kreisausschuss des Odenwaldkreises
© 2008 Sieben-Verlag Ltd.
© Covergestaltung: 2008 Rainer Wekwerth, www.rw-design.net
© Zeichnungen: Hans-Peter Murmann, 64807 Dieburg, www.hammlets.de

ISBN: 978-3-940235-17-6

Alle Rechte vorbehalten. Nachdruck oder andere
Verwertungen nur mit schriftlicher Genehmigung
des Verlags.

Sieben-Verlag Ltd.
Hauptstr. 87
64757 Mossautal
www.sieben-verlag.de

Vorwort

Unter dem Motto „Hammel, Schaf und Lamm" veranstaltete der Odenwaldkreis zum zweiten Mal einen Krimischreibwettbewerb. Während beim letzten Wettbewerb die Kartoffel im Mittelpunkt der Kriminalgeschichten stand, wurde der Fantasie diesmal zum Thema Schaf einiges abgefordert. Dabei spielte es keine Rolle, ob die Geschichten mit Schafswolle, dem Lammbraten oder einem Hammel verknüpft wurden.

Die Reaktion auf die Ausschreibung war überwältigend. Im Erwachsenenbereich haben sich über 270 Autorinnen und Autoren und im Schülerwettbewerb 25 Jugendliche beteiligt.

Nicht nur Beiträge aus dem gesamten Bundesgebiet sind hier eingegangen, auch aus Spanien, Österreich, Schweiz, England und Frankreich.

Die Anthologie Mordsschaf enthält die 30 besten Schafskrimis des Schreibwettbewerbs 2008.

Keine leichte Arbeit für die Jury, die aus Tatjana Kruse, Kathrin Fischer, Martina Campbell, Alexander Kaffenberger, Matthias Volk und mir bestand. Ein herzliches Dankeschön für Ihr Engagement.

Ein Wettbewerb ohne Preise ist undenkbar. Deshalb einen besonderen Dank an die Sponsoren, Sparkasse Odenwaldkreis, Privatbrauerei Schmucker, Sieben-Verlag, Odenwald Stiftung, Odenwald-Sterne-Hotels und Odenwald-Gasthäuser.

Herzlichst
Ihr Landrat Horst Schnur

Inhalt

Mäh!, Anna Rinn-Schad 5

Die einzige Zeugin, Florian Scheibe 9

Chronik eines unvermeindlichen Todes, Stefan Münkel 14

Mord auf der Weide, Markolf Hoffmann 18

Der einzige Zeuge, Gabi Thomas 22

Opferlamm, Ralf Schwob 26

Lammfrom, Michael Brandl 29

Wollige Detektive, Heidi Lang 33

Das blaue Somali, Sabine Axnick 38

Dran glauben, Bettina Goldner 42

Wolle, Ruth Löbner 46

Schafskopf, Sunil Mann 50

Sch(l)aflos im Odenwald, Michael Deitrich 54

Sein Name ist Haggis, Ursula Lange 58

Unheimliche Begegnung, Wulf Dorn 61

Weshalb die letzten 2007 Jahre ..., Ulrich Hoyer 65

Das Schaf im Wolfspelz, Heidi Bermes 67

Ohne Krone, Judith Merchant 71

Bockspringen, Michael Rapp 75

Letzter Hammelsprung, Udo Sponagel 79

Tödliches Osterlamm, J.K. Brandon 83

Mord mit Anlauf, Ewa Rossberg 87

Das Trojanische Schaf, Fabian Völh 91

Das erste Mal, Andreas Klink 95

Das Schwarze Schaf, Stefanie Busch 99

Lanolin, Antje Herden 102

Bääh-Bääh Banküberfall, Martina Rose 106

Einfach Nette Leute, Helge Streit 110

Das Schönheitsschaf, Lars Blumenroth 113

Selinas Fehler, Sonja Guldi 118

Mäh!

Von Anna Rinn-Schad

Sehr geehrte Frau Mehler, sehr geehrter Herr Landmann,
mit Befremden habe ich festgestellt, dass Sie auf Ihrem Grundstück
seit einigen Wochen drei Lämmer halten. Ich mache Sie darauf aufmerksam, dass das ganze Neubaugebiet Hammelberg als reines
Wohngebiet ausgewiesen ist. Eine landwirtschaftliche Nutzung der
Grundstücke, einschließlich unbebauter Wiesenflächen, ist somit
nicht gestattet. Es dürfen keinerlei Nutztiere wie Kühe, Schweine
oder Schafe gehalten werden. Ihre drei Lämmer laufen bei Tag und
Nacht auf der Wiese umher und belästigen mit ihrem Blöken die
Nachbarschaft. Da unser Schlafzimmer nach Ihrer Wiese hinaus liegt,
sind wir besonders betroffen. Meine Frau ist seit Jahren Migränepati-
entin und leidet sehr unter dem Schreien Ihrer Lämmer, ebenso meine pflegebedürftige Schwiegermutter, die bei uns wohnt. Das ständige
schallende „Mäh" ruiniert unsere Kopfnerven. Ich fordere Sie dringend auf, für die Lämmer baldmöglichst eine richtige Weide zu suchen, andernfalls sehe ich mich gezwungen, Maßnahmen zu ergreifen.
Hochachtungsvoll, Franz Wolf

Sehr geehrter Herr Wolf,
zunächst eine Richtigstellung: Die drei Schafe auf unserem Hausgrundstück sind keine Lämmer, sondern ausgewachsene Schafe, nämlich Ouessantschafe, die nach der bretonischen Insel Ouessant benannt sind. Sie erreichen nur etwa Kniehöhe und benötigen nicht viel
Weidefläche. Eben deshalb haben wir uns für diese Tiere entschieden. Ouessantschafe bringen keinen wirtschaftlichen Nutzen; wir
halten sie nur zum Vergnügen, woraus folgt, dass sie keine Nutztiere,
sondern Haustiere sind und folglich in unserem Wohngebiet erlaubt.
Es tut uns Leid, dass die Schafe so viel blöken, aber das wird sich
sicher geben, sobald sie richtig eingewöhnt sind.
Was die Geräuschbelästigung und die daraus folgende Beeinträchti-
gung des Gesundheitszustandes Ihrer Frau Gemahlin und deren Frau
Mutter anbetrifft, so schlagen wir vor, dass Sie zunächst den exzessi-
ven Gebrauch Ihres Hochdruckreinigers, Ihres Mulchmähers und
Ihres Laubbläsers auf ein vernünftiges Maß beschränken. Das dürfte
genügen, dass sich die Kopfnerven Ihrer Familie erholen können.
Mit freundlichen Grüßen, Karin Mehler, Horst Landmann

Geehrte Frau Mehler, geehrter Herr Landmann,

mir ist es völlig wurscht, ob Ihre Schafe nach einer bretonischen oder einer Fidschi-Insel benannt sind. Wir können die Nachbarschaft dieser Tiere nicht mehr ertragen. Wenn Ihre Schafe, wie Sie schreiben, Haustiere sind, dann holen Sie sie gefälligst ins Haus, wenigstens nachts. Ihre Anspielung auf meine Gartengeräte geht am Kern der Sache vorbei. Wenn ich lieber meine Wiese mit einem vernünftigen Rasenmäher pflege, als Schafe darauf weiden zu lassen, ist das meine Angelegenheit und erspart immerhin auch Ihnen zusätzliche Geruchsbelästigung und weiteres permanentes „Mäh".

Franz Wolf

- Ordnungsamt -

Sehr geehrte Damen und Herren,

ich erstatte hiermit Anzeige gegen meine Nachbarn Karin Mäh Mehler und Horst Landmann wegen verbotener Haltung landwirtschaftlicher Nutztiere im Wohngebiet Hammelberg. Die Vorerwähnten lassen auf ihrem Hausgrundstück, das neben dem meinigen liegt, seit dem Frühjahr drei Schafe weiden. Die Tiere blöken bei Tag und Nacht so schrill, dass meine Familie nervlich am Ende ist und besonders meine Frau nur noch mit Hilfe von Tabletten Schlaf finden kann (Attest des Hausarztes liegt an). Auf meine Bitten, die Schafe zu entfernen oder wenigstens nachts einzusperren, haben meine Nachbarn nicht reagiert. Überdies verwöhnen sie ihre Schafe mit Streicheln und Leckerbissen derart, dass diese ständig schreien, wenn Frau Mähler und Herr Landmann nicht in der Nähe sind. Wir bitten dringend, dafür zu sorgen, dass in unserem Wohngebiet wieder Ruhe einkehrt.

Mit freundlichen Grüßen, Franz Wolf

- Ordnungsamt -

Sehr geehrte Damen und Herren,

hiermit erstatten wir Anzeige gegen unseren Nachbarn Franz Wolf wegen Tierquälerei an einem unserer drei kleinen Schafe. Herr Wolf benutzt auf seinem Grundstück regelmäßig einen motorisierten Laubbläser, der ein durchdringendes heulendes Geräusch von sich gibt. Mit Hilfe dieses Gerätes pflegt er das welke Laub, das sich auf seinem Grundstück ansammelt, in einer Ecke anzuhäufen, um es anschließend in Plastiksäcke zu verpacken. Vorgestern fanden wir auf unserem eigenen Grundstück einen solchen Laubhaufen und darunter, tief im Laub vergraben, unser Schäfchen. Wir können uns das nur so erklären, dass Herr Wolf das Tier in eine Ecke getrieben hat (vermutlich unter Eindringen in unser Grundstück), um anschließend das Laub über ihm zusammenzublasen. Das Schaf ist mit 45 cm Risthöhe sehr klein und hatte keine Möglichkeit, zu entkommen oder sich zu wehren. Seit diesem Vorfall leidet es unter Entzündungen der Schleimhäute in Nase und Augen, ist überdies völlig traumatisiert und gerät bei jedem lauten Geräusch in Panik, so dass wir es unter erheblichen Kosten tierärztlich behandeln lassen mussten. Wir bitten um Erteilung einer Ordnungsstrafe, vor allem um Einziehung des Laubbläsers.

Mit freundlichen Grüßen, Karin Mehler, Horst Landmann

P.S.: Rein vorsorglich möchten wir hinzufügen, dass wir die drei Schafe, von denen keines höher als 50 cm ist, allein zum Vergnügen und zum Kuscheln halten. Die Schafe sind sehr sauber und riechen nicht. Es handelt sich keineswegs um bäuerliche Nutztierhaltung.

Sehr geehrte Frau Mehler, sehr geehrter Herr Landmann,

wir kommen zurück auf das seit sechs Monaten anhängige Verfahren wegen Nutztierhaltung in einem Wohngebiet. Ihr früherer Nachbar Franz Wolf hat auf Anfrage mitgeteilt, dass er trotz Ihres Wegzugs aus Hammelberg im November letzten Jahres auf Weiterverfolgung seiner Anzeige besteht. Da jedoch kein öffentliches Interesse erkennbar ist und sich Ihre Schafe nicht mehr in der unmittelbaren Nachbarschaft des Klägers befinden, wurde das Verfahren gegen Sie eingestellt. Vorsorglich machen wir Sie darauf aufmerksam, dass Sie evtl. mit einem Privatklageverfahren zu rechnen haben.

Mit freundlichen Grüßen

Redlich, Ordnungsamt

Lieber Herr Wolf,

dürfen wir uns Ihnen freundlich in Erinnerung bringen? Wir hoffen, dass Sie und Ihre Familie wohlauf sind und sich Ihre Frau Gemahlin von ihrer Migräne erholt hat.

Wir wohnen jetzt im Ortsrandgebiet, wo es viele bäuerliche Betriebe gibt und unsere Schafe nicht weiter stören. Sie sind inzwischen auch wesentlich ruhiger geworden. Es wird Sie sicher freuen zu hören, dass unser Schäfchen, das im Oktober so unglücklich in Ihren Laubhaufen geriet, inzwischen völlig wiederhergestellt ist.

Vielleicht machen Sie uns einmal die Freude, uns zu besuchen.

Wir werden bei einer guten Tasse Kaffee im Garten den alten Groll begraben.
Mit freundlichen Grüßen!
Ihre Karin Mehler, Ihr Horst Landmann

Lieber Herbert,
kannst Du uns für nächsten Dienstag Deinen großen Bock Hannibal leihen? Wir bringen ihn spätestens am Mittwoch wieder zurück.
Mit Grüßen, Horst

Sehr geehrte Frau Wolf,
wir möchten Ihnen auf diesem Wege unser herzlichstes Beileid zu dem plötzlichen Ableben Ihres Mannes aussprechen.
Sie wissen sicher, dass Ihr Gatte auf unsere Einladung zu uns gekommen war. Wir hatten ihn zum Kaffeetrinken gebeten, um die früheren Streitigkeiten, die Ihnen sicher bekannt sind, beizulegen. Nach dem Vorfall mit dem Laubbläser im letzten Jahr war unser armes Schaf zwar in beklagenswertem Zustand und litt lange Zeit unter Panikattacken. Doch nach reiflichem Überlegen hatten wir uns entschieden, das Ganze als trauriges, aber unbeabsichtigtes Missgeschick einzustufen. Unsere Einladung an Ihren Gatten entsprang dem aufrichtigen Wunsch, wieder ein gutes Einvernehmen herzustellen. Dass er tatsächlich zu uns kam, nehmen wir als Zeichen, dass er einer Versöhnung aufgeschlossen gegenüberstand.
Bei seinem Eintreffen waren wir noch in der Küche und bemerkten nicht, dass er ums Haus direkt in den Garten ging. Daher haben wir den Unfall nicht miterlebt und können Ihnen dazu nichts Näheres mitteilen. Nach Meinung des Notarztes hat Ihr Gatte beim Begehen einer kurzen Natursteintreppe, die in einen tieferen Teil des Gartens (Weide) führt, einen Herzanfall erlitten und stürzte so unglücklich auf die Stufen, dass er auf der Stelle starb. Auf der Weide befanden sich zu diesem Zeitpunkt nur unsere drei kleinen Schafe, die, wie auch Ihr Gatte wusste, harmlos sind. Es gab keinen Grund, zu erschrecken oder davonzulaufen. Ein äußerer Grund für die plötzliche Herzattacke ist für uns nicht zu erkennen. Der Vorfall ist uns völlig unbegreiflich. Es kann sich nur um einen äußerst tragischen Zufall handeln.
Bitte seien Sie unserer herzlichen Anteilnahme versichert.
Mit den besten Wünschen für Ihre Gesundheit und die Ihrer Frau Mutter,
Karin Mehler, Horst Landmann

Die einzige Zeugin
Von Florian Scheibe

Der Anblick war schrecklich.
Die Wände des Stalls waren voller Blut und auf dem Boden hatten sich kleine Pfützen gebildet, die langsam zwischen dem Stroh versickerten.
Kommissar Bertram schluckte. Dann begann er zu zählen. Unruhig tanzte sein Finger zwischen den Kadavern hin und her.
Zweiundzwanzig.
Zweiundzwanzig unschuldige Schafe, brutal ermordet.
Bertram schüttelte den Kopf. Wer tat so etwas? Wer drang Nachts in einen abgelegenen Stall ein und richtete ein solches Blutbad an?
Er starrte vor sich hin. Plötzlich hielt er inne.
Hinter einem Strohballen, in der rechten hinteren Ecke des Stalls bewegte sich etwas. Bertram zog seine Taschenlampe hervor. Einige Sekunden lang irrte der Lichtkegel über die Strohballen. Dann ertastete er eine Bewegung: Ein kleines Lamm, das ihm auf dünnen Beinen entgegenblinzelte. Oben auf dem Kopf waren versprengte Blutspritzer zu sehen, die sich wie Stecknadelköpfe auf der Wolle verteilten.
Ein paar Sekunden blickte es Bertram direkt in die Augen.
Dann wandte es sich dem Heu zu und begann in aller Ruhe zu fressen.

Als Bertram am Abend nach Hause kam, saß seine Frau vor dem Fernseher. Er küsste sie auf die Stirn und ging in die Küche.
„Ich hab dir was vom Essen übriggelassen", rief sie ihm hinterher. „Kannst du dir warm machen."
„Wo sind die Kinder?", fragte Bertram.
„Stefan beim Basketball, Nina bei einer Freundin. Sie spielen Siedler."
Bertram öffnete die Mikrowelle. Er sah einen Teller mit Kartoffeln, Bohnen und einem Stück Fleisch. "Was ist das?", rief er ins Wohnzimmer hinein.
„Siedler?"
„Nein, das Essen."
„Lamm mit Kartoffeln und Bohnen."
„Na großartig", murmelte er.
„Seit wann magst du kein Lamm?"
Bertram antwortete nicht. Er machte sich das Essen warm und setzte sich an den Küchentisch. Während er in den Bohnen herum-

stocherte, drängten sich ihm die Bilder des Tages auf. Er sah den Schäfer vor sich, einen alten, gebeugten Mann, der vollkommen unter Schock stand. Früh morgens hatte er das Massaker an seiner Herde in dem Stall entdeckt und sofort die Polizei alarmiert. Stotternd hatte er angegeben, die ganze Nacht tief geschlafen zu haben. Das war alles. Ansonsten hatte er kein Wort herausgebracht.

Später hatte ihnen der Briefträger erzählt, dass Karl Weinert ein Einsiedler war. Keine Frau, keine Kinder, keine Freunde. Ein einsamer, alter Mann, der die Menschen mied. Der nichts gehabt hatte, außer seinen Schafen. Und diese Schafe hatte nun jemand umgebracht.

Wer tat so etwas? Und vor allem: Warum?

Bertram sah auf seinen Teller. Die Kartoffeln und die Bohnen hatte er gegessen. Das Fleisch hingegen lag unberührt.

Schon früh am nächsten Morgen saß Bertram in seinem Dienstwagen und fuhr die knapp siebzig Kilometer von Darmstadt nach Hesseneck, in das von dem Hof aus nächstgelegene Dorf. Er parkte vor dem kleinen Supermarkt

Um die Käsetheke hatte sich eine Gruppe von Kunden versammelt, die über die schrecklichen Ereignisse des Vortages diskutierte. Bertram gesellte sich hinzu und zeigte seinen Ausweis.

„Hat jemand von Ihnen vielleicht eine Erklärung dafür, was dort oben geschehen ist?", fragte er.

Kopfschütteln. Schweigen. Offenbar sprach man nicht gerne mit Fremden. Und schon gar nicht, wenn sie aus der Stadt kamen. Nur eine dünne Frau mit einem Vogelgesicht reckte den Hals.

„Der braucht sich nicht wundern, so eigensinnig wie er war."

Bertram fragte nach, was sie damit meinte, doch innerhalb von wenigen Sekunden war die Gruppe zwischen den Regalen verschwunden. Er musste an eine Schar Kakerlaken denken, die dem Licht entfloh.

Kurz darauf klingelte Bertrams Handy. Es war Schütz vom Tatort.

„Wir haben eine Axt gefunden. Voller Blut."

„Irgendwelche Abdrücke?"

„Können wir noch nicht sagen. Aber es spricht wohl einiges dafür, dass er es selbst war."

„Weinert?"

„Ja. Die Axt war in seinem Keller versteckt."

Bertram schüttelte ungläubig den Kopf. „Aber was macht das für einen Sinn?"

„Gewalt macht nie Sinn", brummte Schütz.

Bertram bedankte sich und legte auf. Einen Moment lang starrte er vor sich hin. Dann fiel ihm ein, dass er ja noch einen Termin beim Bürgermeister hatte. Mit schnellen Schritten überquerte er die Straße.

Der Bürgermeister war ein großer, kräftiger Mann mit einer Glatze, der sein rechtes Bein hinterher zog. Nachdem er Bertram mit seinem Händedruck fast die Finger gebrochen hatte, setzten sie sich.

„Wie lange kennen Sie Weinert schon?", fragte Bertram.

„Mein ganzes Leben", antwortete der Bürgermeister ohne Umschweife.

„Können Sie sich denn vorstellen, dass …?" Bertram suchte nach einer passenden Formulierung.

„Dass er seine Schafe selbst umgebracht hat?", fragte der Bürgermeister.

„Ja", sagte Bertram überrascht.

Der Bürgermeister nickte. „Sehr gut sogar."

„Warum?"

Die Stimme des Bürgermeisters wurde auf einmal kalt. „ Ganz einfach: Weil er ein Verrückter ist. Ein Psychopath. Das war er schon immer."

Bertram stellte noch ein paar Fragen, die ihm der Bürgermeister knapp und klar beantwortete.

Dann verabschiedete er sich. Diesmal ohne Händedruck.

Nachdenklich fuhr Bertram über die Landstraße zurück nach Darmstadt.

Im Vernehmungszimmer des Reviers fand er einen vollkommen verstörten Weinert vor. Seine Haare standen in alle Richtungen. Er starrte ins Nichts. Dafür waren seine Hände in ständiger Bewegung. Sie zitterten.

Vergeblich versuchte Bertram, ihn zum Reden zu bringen.

Wie war die Axt in seinen Keller gekommen?

Hatte er wirklich die ganze Nacht geschlafen?

Wo war er zwischen halb eins und drei gewesen?

Keine Antwort.

Nur Schweigen. Und Zittern.

Am späten Nachmittag hockte Bertram schließlich in der Kabine der Altherrenmannschaft SG Eiche Darmstadt und versuchte, den Fall wenigstens für ein, zwei Stunden zu vergessen.

Doch selbst als er kurz darauf in kurzen Hosen auf dem Platz stand, wurde er die Bilder einfach nicht los. Die blutige Axt. Das Lamm. Die Vogelfrau an der Käsetheke. Der Bürgermeister. Weinerts Zittern.

Irgendetwas stimmte daran nicht.

Aber was?

Kurz darauf passierte das Unvermeidliche: Bertram war unkonzentriert, stolperte und knickte bei einem harmlosen Flankenversuch um. Fluchend humpelte er vom Platz.

Als er kurz darauf wieder in seinem Auto saß, traf er eine Entscheidung.

Es dämmerte bereits, als er bei dem Bauernhof eintraf. Er parkte, stieg aus und steuerte auf die Stalltür zu. Carstens, ein junger Schutzpolizist hielt Wache.

„Ist das Lamm noch da?"

„Daisy?"

„Heißt sie so?"

„Wir haben sie gestern so getauft." Er deutete über seine Schulter. „Sie steht im Stall."

Das Licht war schummrig und es dauerte eine Weile, bis Bertram überhaupt etwas erkennen konnte. Die Kadaver der toten Schafe waren längst fortgeschafft. Selbst die Blutflecken waren gesäubert worden. Das Lamm stand vor einem Heuballen und fraß.

Mit schweren Schritten humpelte Bertram darauf zu.

Kauend hob es den Kopf und im gleichen Moment erstarrte es plötzlich. Einen Augenblick stand das Lamm wie festgefroren, mit riesigen Augen. Dann begann es am ganzen Körper zu zittern. Und währenddessen schrie es so laut, dass die Fensterscheiben klirrten.

Eine kleine Ewigkeit lang stand Bertram vollkommen ratlos.

Dann beschlich ihn auf einmal eine Ahnung.

Kurz vor Mitternacht hatte er endlich gefunden, wonach er gesucht hatte. Er kniete in Weinerts Stube neben dem Kamin und strich den zusammengeknüllten Brief glatt.

Kurz darauf fand er noch einen zweiten.

Und einen dritten.

Vorsichtig steckte er sie in seine Jacke. Dann löschte er das Licht und humpelte zu seinem Wagen.

Bereits früh am nächsten Morgen stand er wieder im Büro des Bürgermeisters.

„Und? Hat Weinert inzwischen gestanden?"

„Nein", sagte Bertram. „Aber selbst wenn: Ich würde ihm nicht glauben." Der Bürgermeister wirkte verwirrt. Bertram entschied sich, den Moment zu nutzen. „Es gibt eine Zeugin. Sie hat Sie erkannt. An Ihrem Hinken." Den Bruchteil einer Sekunde entglitten dem Bürgermeister die Gesichtszüge. Lange genug für Bertram, um sicher zu sein, dass er mit seinem Verdacht recht gehabt hatte.

„Was reden Sie da?"

Bertram seufzte. „Seit Jahren versuchen Sie Weinert zum Verkauf von seinem Hof zu überreden, damit auf dem Gelände ein Hotel gebaut werden kann. Aber Weinert knüllt ihre Briefe einfach zusammen und benutzt sie als Kaminanzünder. Nun haben sie mit dem Mord an seinen Schafen zum letzten Mittel gegriffen."

Der Bürgermeister machte einen verächtlichen Gesichtsausdruck. „Für diese Behauptung haben Sie keinerlei Beweise. Und ihre Zeugin ist doch frei erfunden."

Bertram blickte seinem Gegenüber direkt in die Augen. „Schon möglich" sagte er. „Aber jeder Täter hinterlässt an einem Tatort Spuren: Fasern, Abdrücke, Hautpartikel. Und jetzt, wo wir wissen, wonach wir suchen, werden wir diese Spuren auch von Ihnen finden. Verlassen Sie sich drauf!"

Der Bürgermeister war auf einmal kreidebleich geworden. Sein Mund öffnete und schloss sich wie bei einer Kaulquappe.

Bertram wandte sich ab und humpelte zur Tür. Kurz bevor er sie hinter sich zu zog, drehte er sich noch einmal um. „Übrigens: Die Zeugin gibt es wirklich. Sie ist ein Lamm. Ihr Name ist Daisy."

Chronik eines unvermeidlichen Todes
Von Stefan Münkel

Freitag, 28. September, 06.46 Uhr

Alois Daub, drahtiger Mittsiebziger, dessen gegerbtes Antlitz ein langes Leben in Odenwälder Landluft verraten lässt, geht zum letzten Mal vom betagten Caravan zu seiner freilaufenden Schafherde, die er nun seit genau 50 Jahren auf die saftigen Wiesen des sanften Mittelgebirges führt. „Es langt jetzt", hatte er vor kurzem in einem der vielen Momente kompletter Einsamkeit zu sich selbst geflüstert und damit beschlossen, sein erfülltes Leben unter wolligen Wiederkäuern zu beenden. Um so mehr, als er überraschenderweise eine Nachfolgerin für seine Herde gefunden hatte: eine Sozialpädagogik-Studentin aus Frankfurt, die beim Selbstfindungskurs der Volkshochschule „Nackttöpfern in der Lüneburger Heide" die Liebe zu Schafen und zur Schäferei entdeckt hatte. Morgen wollte sie die Herde übernehmen. Daub war noch einer von zwei freien Schäfern gewesen. Seinen letzten Kollegen Paul Schmitt hasst er wie die Pest. Und dies in jedem der besagten 50 Jahre. Mit dem geübten Blick für das Wesentliche überprüft er den Zustand seiner Herde und krault seine Colliehündin Christel am Schwanzende, die dies mit wohligem Knurren über sich ergehen lässt. Sein Blick schweift teilnahmslos zur Schäferhütte seines Kollegen Schmitt, die nur einen Hügel weiter auf einer Wiese thront. Aus dem Kreise seiner Schäfchen erschallt ein mehrstimmiges „Mäh" als morgendliche Begrüßung. Keine weiteren Vorkommnisse.

Freitag, 28. September, 06.52 Uhr

Paul Schmitt, 72, nippt in seiner Hütte an seinem Kaffeesurrogatextrakt, im Odenwald besser bekannt als Muggefugg. Aus dem milchigen Fenster seiner fahrbaren Hütte lugend, schweift sein Blick über die Herde seines Lieblingsfeindes Daub. „Guten Morgen, Arschloch." Sein Gruß über die sanfte Senke der saftigen Wiese war der gleiche geblieben, jedes der verdammten letzten 50 Jahre. Seit Daub ihm im Jahre 1958 seine damalige und zugleich letzte Freundin ausgespannt hatte, hat er kein Wort mehr mit ihm gewechselt. Eigentlich hat er seitdem, mit Ausnahme gelegentlicher Verkaufsgespräche mit lokalen Bauern, mit keinem Menschen mehr ein Wort gewechselt, das Gespräch mit seinen anspruchslosen Vierbeinern, die die wunderbare Angewohnheit hatten, niemals zu widersprechen, ist ihm seitdem genug gewesen. Sein Kontakt zur Außenwelt besteht im Wesentlichen aus der gelegentlichen Lektüre des „Odenwälder Echos". Einem wehmütigen Bericht einer jungen Lokalreporterin hatte er entnommen, dass sein verhasster Berufskollege heute seinen letzten Arbeitstag hat.

Freitag, 28. September, 07.11 Uhr
Alois Daub begegnet dem recht kühlen Herbstmorgen mit dem Anzünden einer ersten Pall Mall ohne Filter. Sein Blick fällt zufällig auf die Heckwand seines Caravans Tabbert Rimini, Baujahr 1965. In großen roten Lettern prangt ihm die zittrige Aufschrift „Auf Nimmerwiedersehn, Schweinebacke" entgegen. Seine erstaunlich jugendlichen Augenpaare verengen sich zu messerscharfen Schlitzen: „Schmitt! Du Hurensohn." Nachdem er in seinem Zeitungsinterview erwähnt hatte, dass sein Kollege auch einige asiatische Dickhornschafe halte und damit nicht als echter Odenwälder Schäfer zu bezeichnen sei, hat er mit einer Retourkutsche gerechnet. Aber nicht mehr heute, nicht mehr an seinem letzten Schäfertag.

Freitag, 28. September, 14.00 Uhr
Paul Schmitt erwacht aus seinem genau einstündigen Mittagsschläfchen, dass er seit Jahrzehnten mit der Genauigkeit eines Schiffs-Chronographen zu halten pflegt. Erst jetzt bemerkt er eine merkwürdige Schieflage seiner traditionellen Schäferhütte. Mühsam entziffert er die mit Fingern geschriebene Spiegelschrift auf seiner milchigen Fensterscheibe: „Du hast ein Rad ab!" Und tatsächlich, er hat ein Rad ab. Die Speichen seines nach alter Väter Sitte gefertigten Holzrades prangen, feinsäuberlich zersägt und mit Paketband befestigt, an den Hörnern eines seiner Dickhornschafe und geben ihm damit das skurrile Aussehen eines kurzbeinigen wollenen Zwölfenders. Das Schaf kommentiert das merkwürdige Bild erwartungsgemäß mit einem tief angesetzten „Mäh!"

Samstag, 29. September, 00.26 Uhr
Ein leichtes Ruckeln schreckt Alois Daub aus seinem Schlaf. Sein Tabbert Rimini Baujahr 1965 setzt sich, jedes Schlagloch des baufälligen Feldweges ausnutzend, in Bewegung. Daub schießt wie von der Tarantel gestochen hoch und wagt einen Blick aus der Frontscheibe. Er erkennt das funzlige Rücklicht eines Traktors Marke Lanz, wie ihn Paul Schmitt seit über 30 Jahren sein Eigen nennt. Daub versucht die Tür seines Caravans zu öffnen, diese ist jedoch von außen mit einem rustikalen Kantholz verkeilt. Nach wenigen Minuten Fahrt hält das merkwürdige Gespann an und setzt rückwärts. Ein schwappendes Geräusch lässt den unfreiwilligen Passagier Daub nichts Gutes erahnen. Kurz darauf meldet der Caravan Wassereinbruch, genauer gesagt

das Eindringen einer bräunlichen Flüssigkeit, die von Daubs Nasenflügeln als äußerst fäkalienhaltig identifiziert wird.

Samstag, 29. September, 00.42 Uhr
Der Inhalt von Bauer Zimmermanns Jauchegrube steht etwa einen Meter hoch im Wohnwagen des Alois Daub. Dieser kann sich aus seinem Seitenfenster in letzter Sekunde schwimmend befreien. Mit einem letzten Blubbern versinkt sein Eigenheim wie die Titanic vornüber in der sämigen Brühe, bis nur noch die verrostete Stoßstange und ein trauriges Rücklicht hervorlugt. Daub steigen Tränen aus Wut und Trauer in die Augen. Seit er seine Lebensgefährtin, ehemals Freundin von Schmitt, mit einem zweijährigen Balg keine Nachricht hinterlassend sitzen gelassen hatte, war der Caravan seine Heimstatt gewesen. Inbegriff von Freiheit, die er mit der jungen Familie verloren hatte. Auf einmal brechen sich alle Gefühle Bahn, die sich in dem sonst so ruhigen Charakter seit Jahrzehnten aufgestaut haben. Er lenkt seine Schritte Richtung Schäferhütte des Paul Schmitt, zuerst noch taumelnd, dann mit der Entschlossenheit eines preußischen Paradeoffiziers.

Samstag, 29. September, 01.33 Uhr
Die Holztüre der Schmittschen Schäferhütte zerbricht mit einem letzten Aufschrei des morschen Eichenholzes. Schmitt schreckt auf seiner Holzpritsche in der Ecke des winziges Raumes hoch. Die Hiebe des entfesselten Alois Daub, ausgeführt mit einer rostigen Stoßstange des Tabbert Rimini Baujahr 1965, treffen ihn unvorbereitet. Nur mühsam kann er sein gegerbtes Gesicht gegen den Ausbruch der Gewalt schützen. Seine Schafe untermalen die Szenerie mit aufgeregten „Bähs" und „Mähs", denen die asiatischen Dickhornschafe ein sonores „Boooh" hinzufügen. Panische Lämmer suchen Schutz bei ihren Müttern, zitternd und mit weit aufgerissenen Augen. Schmitt gelingt es, die Hand des wild einschlagenden Alois Daub zu fassen. Ihn mit einem geschickten Ausheber zu Boden werfend, umfasst er den stämmigen Hals seines Angreifers. Mit einer Kraft, zu welcher der Mensch nur im Todeskampf fähig ist, presst er Daub die Gurgel zusammen. Dessen letzter Atemhauch geht im Konzert der immer noch panischen Schafherde unter.

Montag, 01. Oktober, 07.31 Uhr
Gerda Erbacher sitzt im Gasthaus „Mümlingtaler Hof" beim Frühstückskaffee. Aufmerksam studiert sie die Zeitung. Aufmacher des Lokalteils ist der Todesfall Alois Daub. Ein gewisser Paul Schmitt

hatte sich der Polizei gestellt, aber beteuert, dass er in Notwehr gehandelt habe. Gerda Erbacher nippt genüsslich an der Tasse. Jahrelang hatte sie nichts mehr von Daub gehört, der sie vor über 40 Jahren mit einem kleinen Jungen sitzen gelassen hatte. Dann folgte der Absturz: keinerlei Unterhalt, Sozialhilfe, das Abgleiten ihres Sohnes in die Drogenszene. Erst jetzt, nach so vielen Jahren, war sie auf den Aufenthaltsort des Vaters ihres Kindes durch den letzten Zeitungsbericht aufmerksam geworden. Der ungebrochene Hass der beiden Schäfer Daub und Schmitt war allen Einheimischen bekannt gewesen. Die Schmierereien am Caravan und das anschließende Durchsägen des Holzrades war für die praktisch veranlagte Frau so einfach gewesen, alles andere ging wie von selbst.

Mit der Bedächtigkeit eines alternden Menschen, der vollends in sich selbst ruht, bestreicht sie mit einem Klecks Butter das dampfende Croissant.

Mord auf der Weide
Von Markolf Hoffmann

In einer Maiennacht, sternklar und lau, ist auf der Weide oberhalb der
Mühle ein Lämmchen ermordet worden: das Köpfchen abgetrennt,
der Leib zerfetzt und ausgewaidet. Entsetzen! Empörung! Die Herde
blökt vor Zorn, trabt im Kreis und stampft mit hundert Hufen Lö-
cher in die Grasnarbe.

„Mord! Brutaler Mord!", mäht es von allen Seiten, so laut, dass
auch der Leithammel zum Tatort eilt. Er trägt die goldene Schärpe,
das Zeichen seiner Leithammelei.

Hinter einem Stein liegt die Leiche; aus Pietät wurde eine Decke
über den kopflosen Rumpf gebettet. Blümelein säumen das tote
Lamm.

„Wer kann das gewesen sein?", fragt der Leithammel. „Wer ist zu
solcher Bluttat fähig?"

„Und wo war der Hirte, wenn man ihn braucht?", blökt jemand aus
der Herde. „Hat wieder gesoffen, die ganze Nacht ... und uns lässt er
im Stich."

Die Herde tobt. Flüche wider den Hirten werden ausgestoßen,
Banner entrollt, die seine Bestrafung fordern.

„Trotzdem", mahnt der Leithammel, der einen Aufstand fürchtet,
„muss jemand das arme Ding gesehen haben, als es sich entfernte. Ist
es allein zu diesem Stein getrabt, um Einsamkeit zu finden? Oder war
es in Begleitung?"

Die Schafe wenden die Köpfe. Am Ende der Weide grast das
Schwarze Schaf. Es schert sich einen Teufel um das Aufsehen. Erst
jetzt, als alle Augen auf ihm ruhen, streift es die Sonnenbrille ab, mit
der es sich seit neustem schmückt.

„Du Schuft", mäht ein breitzitziges Mutterschaf. „Konntest du die
Spreizhufe wieder nicht von unseren Lämmchen lassen? Es war doch
noch ein halbes Kind!"

Das Schwarze Schaf wiederkäut Gras. „Ich weiß nicht, wovon ihr
blökt. Ich kannte den süßen Wollknäul kaum. Nie gesehen. Nie mit
ihm gesprochen."

„Mein Lämmchen hat er neulich auch verführt", jammert das Mutterschaf. „Er verschleppte es in die Wälder, rauchte Gras mit ihm,
versprach ihm die Sterne vom Himmel. Ein Wüstling! Abscheulich!"

„Abscheulich", meckern die Schafe ringsum.

„Danke, zuviel der Ehre", erwidert das Schwarze Schaf. „Ein Wüstling bin ich zweifellos, und stolz drauf. Aber ein Mörder? Das ist
infam."

Der Leithammel kann den schwarzbewollten Aufschneider nicht ausstehen, zweifelt aber an dessen Schuld. Er zupft die Decke vom Leichnam und beäugt die Wunden.

„Das kann kein Schaf getan haben", stellt er fest. „Das Lämmlein ist gerissen worden, mit scharfen Zähnen." Er wagt einen zweiten, prüfenden Blick. „Und es ist intacto, wie ich sehe. Das Schwarze Schaf ist unschuldig."

Enttäuscht grummelt die Herde. Zu schön wäre es gewesen, den Mord rasch aufzuklären, dem überführten Täter das Fell über die Ohren zu ziehen und ihn mit Hufen zuschand zu treten.

„Wer war es dann?", fragen sie. „Der Hirte? Wollte er seinen Mittagstisch mit einem Braten schmücken?"

„Das wagt er nicht", erwidert der Leithammel, „nicht, seit wir in den Pachtvertrag der Weide eingestiegen sind. Zudem hätte er das Lämmlein nicht enthauptet und nur den Kopf entwendet. Nein, es kann nur einer gewesen sein: der Wolf vom nahen Wald."

Jähe Stille herrscht auf der Weide. Man kann den Sommerwind über das Gras streichen hören.

„Es gibt keinen Wolf im Wald", behauptet eines der Schafe forsch. „Der letzte wurde vor zehn Jahren totgeschossen."

Die anderen mähen zustimmend. Aber der Leithammel ruft sie zur Ordnung.

„Natürlich gibt es einen Wolf. Ich habe ihn erst neulich im Dorf gesehen; er saß im Caféhaus, las Zeitung und tat, als kenne er mich nicht." Mutig reckt er die Hörner empor. „Die Umstände der Tat sind eindeutig. Ich werde ihn zur Rechenschaft ziehen."

Er spielt nicht ohne Grund den Helden, weiß wohl, dass sein Ruf als Leithammel auf dem Spiel steht. Bleibt dieser Mord unaufgeklärt, wird man es ihm als Führungsschwäche anlasten. Die jungen Hammel lauern schon auf seinen Posten. Also feilt er sich die Hörner, stülpt den besten Hut darüber und macht sich auf den Weg in den Wald. Die Bewunderung der Herde ist ihm gewiss.

Der Wald ist alt und dunkel; knorrige Bäume wuchern kreuz und quer, ein Pfad krümmt sich durchs Unterholz. Maiglöckchen nicken traurig, als der Leithammel über sie hinwegstapft. Er glaubt zu wissen, wo der Wolf zu finden ist – im alten Krater am Nordhang. Ein belgisches Artilleriegeschütz schlug hier während des ersten Weltkriegs ein. Die Tiere des Walds meiden den Ort. Sie halten ihn für verflucht.

Tatsächlich findet er den Graupelz dort. Der Wolf – betagt, doch immer noch im Safte – sitzt an einem Tischchen. Vor ihm steht ein Porzellanservice mit heißem Salbeitee, danebst ein Teller, verdeckt mit einer Messingglocke. Aus seinem Grammophon erschallt Musik: Rachmaninow, die Vierte in g-Moll.

„Wen haben wir denn da?", ruft der Wolf, als er den Hammel erblickt. „Willkommen. Ich wollte soeben dinieren." Er trägt feinen Zwirn und Handschuhe aus roter Seide.

Behutsam steigt der Leithammel in den Krater hinab. Am Tisch hält er inne. Der Salbeitee dampft und duftet, der Wolf fletscht seine Zähne.

„Hier wagt sich selten einer her, schon gar kein Huftier. Wie komme ich zu der Ehre?"

„Sparen Sie sich das wölfische Gehabe", schnauzt der Hammel. „Vergangene Nacht ist auf unserer Weide ein Mord geschehen." Er streift den Hut ab und wedelt die Salbeidämpfe fort. „Verdammt, das Lamm war keinen Sommer alt."

Der Wolf wiegt den Zottelkopf im Takt Rachmaninows. „Ein Mord? Entsetzlich. Die Welt ist schlecht ... aber warum kommen Sie damit zu mir ... ach ... ich verstehe!" Er schürzt die Lippen. „Der Wolf soll es gewesen sein, wer sonst! Das schmerzt, das trifft mich im Herzen." Er schlürft vom Tee, um sich zu beruhigen. „Da lebt man jahrelang unbescholten im Wald. Doch kaum vertritt sich ein junges Schaf die Hufe, stürzt und bricht sich das Genick, heißt es gleich: Mord, Mord! Der Wolf hat es gerissen!"

Ein Meister der Scheinheiligkeit, denkt sich der Hammel. „Sie leugnen also die Tat", stellt er fest. „Nun gut, wo waren Sie gestern Nacht?"

„Daheim im Bett. Habe geschlafen und von meiner Jugend geträumt, als ich durch die Wälder Schwedens zog, Hermann Hesse studierte, mich der Einsamkeit hingab ... ach, so lange her." Der Wolf tupft sich eine Träne vom Augenlid. „Wo sind nur die Jahre hin?"

„Wem sagen Sie das. Aber wenigstens hatten Sie eine solche Jugend. Das arme Lämmchen hingegen ..."

„Nun hören Sie doch auf damit ", knurrt der Wolf. „Ich bin es nicht gewesen. Und es verdirbt mir den Appetit."

Der Leithammel blickt auf die Tafel. Unter der Messingglocke, die den Teller abschirmt, quillt eine Flüssigkeit hervor, nass und rot.

„Wollen Sie mit mir speisen?", fragt der Wolf. „Ich hole einen zweiten Stuhl, fühlen Sie sich eingeladen." Er lächelt, während Rachmaninow sich zum Fortissimo steigert.

„Sie Abscheulicher", keucht der Hammel. „Das Lämmlein ... Sie wagen es, mir seinen Kopf ... ah!"

Der Wolf streift die Handschuhe ab. Dann streckt er dem Leithammel seine gichtigen Pfoten entgegen; die Tatzen sind stumpf und eingerissen.

„Sind das die Pfoten eines Mörders? Ich bin ein alter Wolf, zu schwach zur Jagd ... ernähre mich von Tee und Brühe – mehr verträgt mein Magen nicht. Ja, spotten Sie nur."

„Ich will sehen, was auf dem Teller liegt", fordert der Hammel. Er senkt das Haupt. Seine Hörner funkeln angriffslustig.

„Misstrauen, o schändliches Misstrauen", seufzt der Wolf. „Wäre ich der Mörder, hätte ich den Kopf des Lämmchens doch an Ort und Stelle verspeist, gleich am Fuß des Steins. Glauben Sie mir!"

Nun hat er sich verplappert, denkt der Leithammel. Vom Stein habe ich nichts gesagt!

„Was aber, mein Bester, wenn ich die Glocke lüfte", säuselt der Wolf, „und es liegt kein Köpfchen auf dem Teller, sondern, sagen wir, ein Brot mit Preiselbeerkompott? Wäre es dann nicht besser für uns alle, wenn der Deckel draufbleibt und ich für euch der Mörder bin, der Schuft im Wald, dem ihr die Schuld zuschieben könnt? Sonst müsstet ihr euch gegenseitig verdächtigen. Misstrauen hielte Einzug in eure Herde." Er bleckt die Zähne. „Sie sind kein Narr. Sie wissen, wie wertvoll ein Wolf für den Zusammenhalt der Schafe ist. Ein Wolf im Wald, den es zu fürchten gilt."

Der Hammel zögert, sieht mit Grausen auf das Rot, das unter der Messingglocke hervortrielt. Er denkt nach.

Recht hat er ja. Ich muss nicht sehen, was auf dem Teller liegt. Ich weiß es ohnehin. Und liege ich falsch – was dann? Bei einer Bluttat muss es immer einen Mörder geben. Ohne Mörder gerät alles aus den Fugen.

„Nun gut", erwidert er. „Eines Tages werden wir die Tat dennoch sühnen, das verspreche ich. Sieh dich vor, Kerl ... wenn wir dich auf unserer Weide erwischen, trampeln wir dich zu Klump!"

Sagt's, setzt den Hut auf und entsteigt dem Krater, um zur Weide zurückzukehren und der Herde zu verkünden, dass der Mord aufgeklärt ist.

Der Wolf bleibt am Tisch zurück. Er sieht dem Hammel nach, während die letzten Akkorde von Rachmaninow verhallen.

„So ist die Welt beschaffen", seufzt er. „Schafe gibt's und Wölfe, und beide können nicht ohne einander."

Er hebt die Messingglocke vom Teller und verspeist genüsslich, was dort liegt; sagen wir, ein Brot mit Preiselbeerkompott, damit wir uns sicher fühlen, wenn wir demnächst im Wald spazieren gehen.

Der einzige Zeuge
Von Gabi Thomas

Willi, der Wirt der Dorfschänke, hetzte wütend über die nächtliche Weide. Noch bevor der Schäfer Robert den unerwarteten Besucher registriert hatte, traf ihn auch schon dessen wutgeladene Rechte am Kinn.

„Spinnst du, mir das Gesundheitsamt auf den Hals zu hetzen?", rief Willi. „Streite bloß nicht ab, dass der anonyme Anruf von dir kam! Die machen mir glatt den Laden dicht, Mann!"

„Na und? Das geschieht dir recht! Du hast meinen Schäferhund überfahren!"

„Das war ein Versehen."

„Ein Versehen?" Der Schäfer machte einen Satz auf Willi zu und versetzte ihm einen heftigen Stoß. „Besoffen fährt man eben nicht Auto. Das Finanzamt wird auch noch interessante Dinge von mir hören, das kannst du mir glauben. Und nun verschwinde!"

Robert wandte sich ab. Willi sah eine gusseiserne Laterne auf dem Boden stehen. Er nahm sie und bewegte sich langsam auf den Schäfer zu, der ihm den Rücken zugekehrt hatte. Dann schlug er ihm die Laterne mit aller Kraft auf den Kopf. Robert sackte zusammen und blieb leblos liegen. Der Wirt sah auf ihn herab und beobachtete, wie das Blut aus dem Schädel floss und langsam im Gras versickerte. Plötzlich bemerkte er das Schaf, das vor ihm stand. Bernsteinfarbene Augen blickten vorwurfsvoll auf ihn und die blutige Laterne. Willi versuchte es zu ignorieren, und stellte die Laterne zurück auf den Boden. Doch dann hielt er inne. Was, wenn er seine Spuren daran hinterlassen hatte? Besser er nahm sie mit und verschwand so schnell wie möglich vom Tatort. Noch einmal zog das Schaf seinen Blick auf sich, das Zeuge seiner Gräueltat geworden war. Es starrte ihn weiter an und blökte. Willi taumelte einen Schritt rückwärts, da trafen ihn die Hörner eines Bocks und stießen ihn zu Boden. Schnell rappelte er sich auf und nahm die Laterne wieder in die Hand, die ihm heruntergefallen war. Er wollte in die andere Richtung fliehen, doch auch dort hatten sich Schafe versammelt, die anklagend blökten. Er war umzingelt!

„Was wollt ihr von mir?", rief er und hielt die Laterne fest im Griff, jederzeit erneut als Waffe einsetzbar. Leider musste er einsehen, dass die Schafe in der Überzahl waren. Langsam bekam er Angst.

„Ihr werdet mich doch nicht ...?" Willi rannte los. Er stürmte durch die Schafherde und floh. Der wütende Mob aus kuschelweicher Wolle nahm die Verfolgung auf. Der Wirt hetzte über die nächtliche Weide, aber die Schafe blieben ihm dicht auf den Fersen. Sie kamen immer näher. Immerhin waren sie es gewöhnt, sich auch nachts auf der Weide aufzuhalten, während Willi auf jeden seiner Schritte achten musste. Seine Gedanken rasten. Die Herde wollte Rache nehmen am Mörder ihres Schäfers, und er war ihr hilflos ausgeliefert! Im nächsten Moment schoss es ihm in den Kopf, dass er sich albern benahm. Angst vor Schafen zu haben, war selten dämlich. Willi stoppte und wirbelte herum. Er ging zum Angriff über.

„Verschwindet!", rief er und fuchtelte wild mit den Armen herum. „Haut ab!"

Die blökende Menge blieb stehen, wich aber keinen Millimeter zurück. Nur der Bock stieß aus der Herde hervor, rannte auf Willi zu und warf ihn erneut zu Boden. Die Schafe versammelten sich um ihn. Der Wirt schaute in ihre Gesichter, mit Angstschweiß auf seiner Nase. Wieder stand er auf und rannte davon. Die Herde ließ sich nicht abschütteln. Nach einiger Zeit erreichte Willi die Scheune am Waldrand, in der sich sein Lokal befand. Gleich daneben lag sein kleines Haus. Zum Glück lebte er etwas abseits, so bekam niemand etwas von seiner misslichen Lage mit. Nichts hätte sich Willi mehr gewünscht als Hilfe, doch er hätte niemandem erklären wollen, wie er den Unmut der Schafe auf sich gezogen hatte. Er stürmte durch den Vorgarten, stocherte nervös mit dem Schlüssel am Schloss herum bis er endlich das Loch fand und schloss die Tür auf. Als sich die ersten Schafe in seinen Vorgarten drängten, schlug er die Tür hinter sich zu und versuchte, wieder zu Atem zu kommen.

Die Schafe konnten nicht ewig warten. Wie klug konnten die Tiere sein? Schon in wenigen Minuten würden sie sich kaum mehr erinnern können, warum sie überhaupt hier waren, und zurück zur Weide laufen. Dort würden sie vergessen, was passiert war. Immerhin waren es Schafe, und die jagten weder Verbrecher, noch wurden sie zu Killern, um Rache an Mördern zu nehmen. Willi lachte über seine eigene Dummheit und seine unbegründete Angst. Nein, Schafe jagten keine Mörder. Mörder. Willi wiederholte das Wort in Gedanken. Er war zum Mörder geworden. Doch hatte er eine andere Wahl gehabt? Das Gesundheitsamt machte ihm nun schon genug Ärger, wenn Robert auch noch das Finanzamt über seinen Steuerbetrug aufgeklärt hätte, wäre er ins Gefängnis gekommen. Er stellte die Laterne auf den Küchentisch. Morgen, wenn die Schafe fort waren, würde er sie irgendwo vergraben, wo man sie nie wieder fand. Wer sollte ihm auf die Schliche kommen? Roberts Verrat war anonym gewesen. Bei ihrem Streit hatte es keine Zeugen gegeben. Keine Zeugen, außer dem Schaf. Willi sah aus dem Fenster. Noch immer stand die Herde im

Garten, inzwischen vollzählig. In erster Reihe verharrte das Zeugenschaf und blickte ihn an. Der Bock, der ihn angegriffen hatte, zerstörte gerade ein Blumenbeet, indem er mit seinen Hufen darin umherstapfte. Zwei andere Schafe knabberten an den preisgekrönten Rosen. Der Racheakt einer sonst so lammfrommen Spezies. Willi konnte den Anblick nicht länger ertragen. Er lief ins Schlafzimmer, zog sich aus und legte sich ins Bett. In der einsamen Finsternis überfiel ihn das Bewusstsein, etwas wirklich Schlimmes getan zu haben, für das es keine Entschuldigung gab. Nie hätte er geglaubt, zu einem Mord fähig zu sein, und doch hatte er Robert getötet. Ihn überkam ein schlechtes Gewissen. Es war eine gerechte Strafe, dass Roberts liebliche wollige Wesen sich aufrafften, um auch etwas zu tun, zu dem sie sonst nie fähig waren. Sie würden ihn niedertrampeln, angestachelt von dem Zeugenschaf und angeführt von dem wütenden Bock. Wer wusste, ob es dieser blökenden Meute nicht sogar gelang, ins Haus zu kommen. Willi vernahm plötzlich ungewöhnliche Geräusche. Das Schaben von Hufen an der Tür, ein Rummsen, bei dem vermutlich der Bock versuchte, die Tür einzurennen. Willi zog sich die Decke über den Kopf. Er sah sie vor seinem geistigen Auge, Killer auf Hufen, sie trieben ihn in die Enge bis er zu Boden sank und um Gnade flehte, und dann trampelten sie über ihn, ein Mörderschaf, zwei Mörderschafe, drei Mörderschafe ...

Willi erwachte am nächsten Morgen schweißgebadet und wankte in die Küche. Beim Anblick der blutigen Laterne holte ihn schlagartig die Erinnerung ein. Was hatte er nur getan? Zögernd schaute er hinaus in den Garten. Ihn traf fast der Schlag. Noch immer stand die Herde vor dem Haus, das Zeugenschaf in erster Reihe. Der Bock trampelte die letzten Äste der ruinierten Hecke nieder.

Willi entfuhr ein Schrei. Er brauchte Hilfe, ohne Zweifel! Diese Schafe würden ihn fertig machen, sobald er nur einen Schritt vor das Haus tat. Selbst wenn er sich für den Rest seines Lebens einschließen würde, wie sollte er erklären, dass die Schafe in seinem Vorgarten standen, während der Schäfer tot auf der Weide lag und sich die Tatwaffe in seinem Haus befand?

Zitternd wählte Willi die Nummer der Polizei und bat darum, dass die Beamten so schnell wie möglich kommen sollten. Bewaffnet, verstand sich.

Nur wenige Minuten später fuhr das Polizeiauto vor, und zwei verwirrt blickende Polizisten stiegen aus. Wachtmeister Rosig kämpfte sich allein durch die blökende Schafherde und zwängte sich anschließend durch den winzigen Spalt, den Willi seine Tür geöffnet hatte. Der Wirt führte ihn in die Küche.

„Was zum Teufel ist hier los?", fragte Rosig. Dann bemerkte er die blutige Laterne.

Willi ließ sich kraftlos auf einen Stuhl sinken.

„Ich habe den Schäfer umgebracht. Erschlagen, mit seiner eigenen Laterne. Ich habe sie mitgenommen und wollte sie verschwinden lassen. Aber seine Herde ... Dieses eine Schaf war der einzige Zeuge bei dem Mord. Aber es hat die anderen angestiftet, sich an mir zu rächen. Sie sind mir gefolgt und lassen mich nicht in Ruhe. Dieser Bock hat mich umgerannt, wollte mich zu Tode trampeln und jetzt hat er seine Wut an meinem Garten ausgelassen. Nehmen Sie mich fest. Aber beschützen Sie mich vor diesen Mörderschafen!"

Der Wachtmeister machte ein betroffenes Gesicht.

„Robert ist tot?" Er seufzte wehmütig. „Ich mochte ihn gern. Manchmal habe ich nach Feierabend auf seiner Weide mit ihm Karten gespielt. Wissen Sie, Robert hatte seine Schafe darauf dressiert, dass sie dieser Laterne folgen. Wo auch immer Robert sie abstellte oder aufhängte versammelte sich die Herde, weil er die Schafe immer bei der Laterne gefüttert hat. Dieser Trick kam ihm besonders zu Gute, nachdem sein Hund tot war."

„Und warum hat mich der Bock angegriffen?"

„Kumulus? Der ist fast blind. Er rennt immer dorthin, wo er etwas blöken hört, ansonsten läuft er ziellos durch die Gegend. Die Schafe wollten Ihnen nichts tun. Aber trotzdem haben sie Roberts Mörder überführt. Ist das nicht erstaunlich?"

Opferlamm
Von Ralf Schwob

Er will wissen, wie's schmeckt. Das will er immer. Jedes Jahr kommt er zu mir an den Tisch, setzt sich, schenkt Wein nach und fragt: „Na? Wie schmeckt es?" Er fragt, obwohl er die Antwort schon kennt. Aber er will aus meinem Mund hören, dass er es wieder einmal geschafft hat. Einmal im Jahr ist Lammabend bei Schlachtenberg. Für diesen Abend kann man sich nicht anmelden. An diesem Abend bleibt das Lokal für alle anderen Gäste ausnahmslos geschlossen. Man kann nicht reservieren, es gibt keine Gästeliste und keinen Kellner, den man bestechen könnte. An diesem Abend macht Schlachtenberg nämlich höchstpersönlich alles allein. Er kocht und serviert und wahrscheinlich spült er später in der Nacht auch noch selbst ab. Aber vor allem entscheidet er selbst im Vorfeld, wer von seinen Stammgästen überhaupt eingeladen wird und wer nicht. Die handschriftlichen Einladungen verschickt er jedes Mal erst kurz vor dem Abend an die Auserwählten. Wer absagt oder verhindert ist, wird nie wieder eingeladen.

„Sie haben es wieder einmal geschafft", sage ich und Schlachtenberg lächelt. Es ist ein zufriedenes, aber auch erschöpftes Lächeln. Die Lammabende setzen ihm arg zu, öfter als einmal im Jahr könne er so etwas beim besten Willen nicht bewältigen, sagt er, und deshalb sei es ihm auch so wichtig, die kulinarischen Banausen fernzuhalten. Schlachtenberg schließt die Augen und massiert sich die Schläfen. Banausentum am Tisch sei ihm fast so zuwider wie Stümperei in der Küche, sagt er dann, und wenn man Küchenstümperei garantiert vermeiden wolle, bliebe einem eben nichts anderes übrig, als alles allein zu machen – zumindest einmal im Jahr, wenn es um seinen berühmten Lammbraten gehe. Schließlich könne bei dessen Zubereitung schon eine winzige Unachtsamkeit zur Katastrophe führen und alles ruinieren. „Bei Lamm bekommt man keine zweite Chance. Entweder man kann es, oder man versaut es."

Schlachtenberg reicht mir die Hand und verbeugt sich. „Der Wein geht selbstverständlich wieder aufs Haus", sagt er und setzt sich zu den Gästen am Nebentisch, um auch ihnen seine Frage zu stellen.

„Das Rezept für meinen Lammbraten nehme ich mal mit ins Grab", hatte Schlachtenberg einmal gesagt, als ihm ein zudringlicher Gast unbedingt etwas über die Art und Weise der Zubereitung entlocken wollte. Zugegeben, manchmal ist er etwas verschroben und übertreibt es mit der Geheimniskrämerei, aber sein Lammbraten schmeckt wirklich wie sonst kein anderes Lammgericht auf der Welt. Er nimmt dem Fleisch beim Kochen irgendwie das Strenge und Stallhafte und fügt es später wohldosiert wieder hinzu, so dass der Eigengeschmack nie aufdringlich wird, ja zuweilen sogar ganz verschwindet und einem anderen Aroma Platz macht, und dieser daraus erwachsende neue Geschmack ist eben das Unvergleichliche, das nur Schlachtenberg bieten kann. Die meisten Gäste, die seinen Lammbraten haben probieren dürfen, tippen daher auf ein besonderes Gewürz, das er dem Fleisch zusetzt. Aber das glaube ich nicht. Ich glaube, es beginnt schon mit der Auswahl der Tiere. Schlachtenberg nimmt keine Lämmer aus unserer an Schafen und Lämmern ja nun auch nicht gerade armen Region, so viel steht schon mal fest. Er lässt sie sich in großen Holzkisten lebend anliefern, aus Neuseeland oder Gott weiß woher.

Manchmal kann man Schlachtenberg noch spät am Abend durch die engen Gässchen unserer Altstadt schleichen sehen, den Kopf eingezogen und die Hände immer tief in den Manteltaschen vergraben geht er allein seiner Wege. Außerhalb des Restaurants wirkt er immer irgendwie deplaziert, von der Souveränität und Sicherheit, die er im Lokal ausstrahlt, ist dann jedenfalls nichts mehr zu spüren. Im Gegenteil: Mittlerweile hat sich herumgesprochen, dass es Schlachtenberg aus irgendeinem Grund furchtbar unangenehm ist, auf der Straße angesprochen zu werden. Er wirkt dann immer so, als habe man ihn gerade bei einer Straftat ertappt. Also lassen ihn die Leute zufrieden, wenn sie ihn wieder einmal gebückt durch die dunklen Gassen huschen sehen und genießen lieber seine Kochkünste. Und diejenigen, die in seiner Gunst ganz weit oben stehen, einmal im Jahr seinen famosen Lammbraten.

Alle Jahre wieder. Schlachtenbergs Einladung liegt in meinem Briefkasten, ich erkenne es schon an der handgeschriebenen Adresse auf dem Umschlag. Diesmal liegt dem Kuvert noch ein zweites Schreiben bei, das ist ungewöhnlich, das ist neu. „Lieber Herr von Essen", schreibt Schlachtenberg, „wir kennen uns nun schon seit Jahren und ich schätze Sie nicht nur als meinen Stammgast, sondern auch als einen der unbestechlichsten Gourmet-Gaumen, die ich in meinem Leben als Sternekoch kennen lernen durfte."
Schlachtenberg will mir wohl schöntun. Er weiß, dass ich nicht ganz unvermögend bin, wahrscheinlich braucht er Geld. Aber nein, das Lokal brummt doch, wie man heute so unschön sagt, und für sich selbst braucht er nicht viel. Steht ja doch nur in der Küche von früh

bis spät. Na, wollen doch mal sehen: „... aufgrund unserer lang-jährigen Bekanntschaft ... ich mich entschieden, Ihnen ... natürlich nur, wenn Ihnen daran gelegen ist ... das Geheimnis meines Lamm-braten zu enthüllen ... Hochachtungsvoll und mit den besten .... Ihr Henrik Schlachtenberg." Donnerwetter! Und ob mir daran gelegen ist! Schlachtenberg wird auf seine alten Tage wohl sentimental. Der will kein Geld, der will einen Vertrauten. Ja, irgendwann werden Sie alle weich und fragen sich, was von Ihnen bleibt, wenn Sie mal nicht mehr sind. Aber einen anderen Koch kann er natürlich unmöglich ins Vertrau-en ziehen. Und irgendeinen von seinen neureichen Stammgästen, die einen Merlot nicht von einem Bordeaux unterscheiden können? Nein, dazu hat er zuviel Stolz. Es ist wohl auch kein Zufall, dass ich seit Jahren immer der Erste bin, den er nach seiner Meinung fragt. Und nun werde ich also mit dem Chef de Cuisine höchstpersönlich seinen grandiosen Lammbraten zubereiten. Und natürlich werde ich schwei-gen wie ein Grab. Ehrensache.

Schlachtenberg ist nervös. Heute hat er mich noch einmal angerufen, und um pünktliches Erscheinen gebeten, als ob das nicht selbstver-ständlich wäre! Um fünf Uhr erwartet er mich in der Küche. Die Gäste kommen um acht, aber bis dahin werde ich schon längst wie-der an meinem Stammplatz im Lokal sitzen und den Unwissenden spielen. Und wenn Schlachtenberg dann aufträgt, werde ich lächeln und Schlachtenberg wird auch lächeln und alle anderen werden es wieder für Zauberei halten.

Schlachtenberg empfängt mich wie verabredet am Kücheneingang und gibt mir zur Begrüßung die Hand. Er rollt sich die Hemdsärmel über die Unterarme, dann will er wissen, womit wir meiner Meinung nach anfangen sollten. „Als Erstes", sage ich nach kurzem Überlegen, „als Erstes müssen wir das Fleisch vorbereiten."
Schlachtenberg nickt anerkennend und führt mich in die Küche. „Gehen Sie ruhig schon durch", sagt er und ich gehe in den weißge-kachelten Raum mit den Haken an der Decke und halte nach dem Lamm Ausschau. Schlachtenberg ist vor der Eisentür stehen geblie-ben, er zieht die schwere Metzgerschürze über und beginnt die Mes-ser zu schleifen. Ob er gar keine Angst habe, dass ich sein Ge-heimnis verraten könne, frage ich ihn.
„Nein", sagt Schlachtenberg, schließt die Tür und kommt auf mich zu.

Lammfromm
Von Michael Brandl

Pfarrer Jupiter blickte ergeben zum Himmel auf, nachdem sich Moses, seine beiden Weiblein sowie der Nachwuchs vor ihm versammelt hatten. Die beiden Lämmer blökten den alten Geistlichen bettelnd an. Das Ritual, das sonntags nach der Rückkehr von Weiden stattfand, war für sie noch ungewohnt und deshalb machten sie lauthals auf sich aufmerksam, um nicht zu kurz zu kommen. Jupiter nahm es gelassen. „O Herr, Du weißt, wie sehr ich meine Schafe liebe", betete er mit heiserer Greisenstimme zum Firmament hinauf. „Sie sind so rein, so klug und voller Tugend, wie kaum ein Mensch es von sich behaupten kann. Deshalb sollen auch sie mit am Tisch deines Sohnes sitzen", vollendete er augenzwinkernd.

Der erfahrene Moses war mit der ungewöhnlichen Zeremonie im Garten des Pfarrhauses mittlerweile bestens vertraut. Andächtig trat er vor Jupiter, hob den Kopf und empfing mit treuherzigem Schafsblick die Hostie, die der Pfarrer ihm entgegenhielt. Danach folgten die Schafe und schließlich die beiden Lämmer. Als Jupiter fertig war, seufzte er „Amen" und entließ seine Herde wieder auf die Wiese.

Moses war der Bock der Merinoschafherde und das einzige Tier, das einen Namen trug. Nur zu gerne hätte Jupiter auch den beiden anderen Schafen einen Namen gegeben, doch die Bibel bot für diesen Zweck nicht allzu viele populäre Möglichkeiten, was Jupiter ausnahmsweise bedauerte. Also beschränkte er sich bei Gesprächen mit Moses' Weiblein entweder auf ein höfliches „Mähdam" oder schlicht auf „meine Schäfchen". Der Name des Bocks allerdings war nicht zufällig gewählt. War es doch sein alttestamentarischer Namenspatron gewesen, der einst die zehn Gebote empfangen und seinem Volk verkündet hatte. Und dem Merino-Moses war ein untrügerisches Gespür für diese biblischen Gesetze angeboren. Ihm wohnte eine ganz besondere Gabe inne, fast möchte man sagen, eine Berufung von Gottes Gnaden: Moses konnte nämlich die bußunwilligen Sünder unter Jupiters zweibeinigen Schäfchen entlarven. Wer den Beichtstuhl scheute, weil er seine Untaten vor dem Allmächtigen verheimlichen wollte, der hatte vor dem lammfrommen Moses ausgespielt. Das war auch der Grund für die sonderbare Wandlung, die sich wöchentlich im Pfarrgarten abspielte und angesichts derer Jupiters Bischof auf der Stelle in Ohnmacht gefallen wäre, hätte er davon Kenntnis gehabt. Doch Jupiter wusste, was er der ‚auserwählten' Herde zu verdanken hatte, die auf der Pfarrwiese graste und sich dem Kampf gegen die Sünde verschrieben hatte.

Die spirituelle Karriere von Moses hatte vor gut einem Jahr begonnen, nachdem Jupiter auf seine alten Tage beschlossen hatte, sich eine kleine Schafherde anzuschaffen. Nur kurz darauf besuchte ihn die Frau des Großbauern Krötz und klagte dem Pfarrer ihr Leid. Ihr Mann hätte ein Auge auf die neue Magd geworfen, erzählte sie verzweifelt. Und er hätte ihr sogar – sie wollte es gar nicht aussprechen und rang sich nur hinter vorgehaltener Hand dazu durch und nicht ohne zu vergessen, sich sofort danach zu bekreuzigen – aufs Hinterteil geklapst. So zumindest hatte es ihr einer der Knechte brühwarm berichtet. Jupiter tröstete die Frau und riet ihr, für ihren Mann zu beten. Darauf, dass dieser im Beichtstuhl endlich Zeugnis ablegte, wartete der Pfarrer allerdings vergebens. Doch eines fiel ihm auf: Jedes Mal, wenn Krötz nach dem Gottesdienst aus der Kirche trat, brach der Bock aus der Weide aus, lief schnurgerade auf den sündigen Bauern zu, versperrte ihm den Weg und blökte ihn so lange an, bis sich das halbe Dorf nach ihm umdrehte. Ob er ihm denn nichts zu erzählen hätte, fragte Jupiter Krötz irgendwann mit einem Blick, der sich tief in dessen befleckte Seele grub. Der grobschlächtige Schwerenöter schluckte benommen, ging kurz darauf im Beichtstuhl demütig auf die Knie und erleichterte sein Gewissen. Erst von dieser Stunde an ließ Moses wieder von ihm ab. Von nun an entging Moses und Jupiter kein Fehltritt mehr im Dorf. Ob gezinkte Karten beim Schafskopfabend, boshafte Streiche böser Buben oder die eine oder andere Betrügerei auf dem Viehmarkt – Moses ließ alles offenbar werden und nötigte die Schuldigen mit stoischer Schafsruhe, Buße zu tun, was sich durchaus auch positiv auf das Spendensäcklein der kleinen Kirche auswirkte. Für wöchentlich zehn reuige „Vater Unser" erhielt der Bock sogar ein extra Leckerli von Jupiter, der nicht müde wurde, seinem Herrn im Himmel für das „heilige Schaf" zu danken.

Bis zu jener Nacht, in der Moses sein letztes Blöken aushauchte. Der Wirt vom „Goldenen Ochsen" hatte sich zu der Mordtat hinreißen lassen. Mit einem nahezu lautlosen Schuss aus einem Betäubungsgewehr – der Knall eines richtigen Gewehrs hätte das halbe Dorf geweckt – verpasste er Moses im Dunkel der Nacht eine dreifache und somit tödliche Dosis. Der Wirt wartete, bis der Bock mit einem dumpfen Aufschlag zu Boden ging und regungslos im Gras lieben blieb. Der nächste Kirchgang konnte für den Wirt getrost kommen; der allwissende Moses würde ihn nun nicht mehr in den Beichtstuhl zwingen können, um zugeben zu müssen, dass er bei dem Verkauf seines Grundstücks an den Kämmerer der Nachbargemeinde einen Schnitt gemacht hatte, der weit über den üblichen Vereinbarungen lag, nur um dem eigenen Bürgermeister, den er von ganzem

Herzen hasste, eins auswischen und sich die Taschen füllen zu können. Das würde nun für immer sein Geheimnis bleiben, war der Wirt sich sicher. Als Moses sich gut eine viertel Stunde nicht mehr gerührt hatte, suchte er das Weite.

Pfarrer trauern nicht wie andere Menschen. Sie glauben fest an das Paradies. Und Jupiter war sich sicher, auch Moses würde nun dort weiden, auch wenn der greise Pfarrer sich eine Träne über das Ableben des frommen Schafbocks nicht verkneifen konnte. Pfarrer sind aber auch nicht dumm. Und deshalb konnte Jupiter sich nur zu gut ausmalen, warum Moses sterben musste. Ein gewissenloser Sünder, der anscheinend große Schuld auf sich geladen hatte, wollte ungeschoren davonkommen. Und wer derjenige war, das würde Jupiter sehr schnell herausfinden. Spätestens nach dem morgigen Sonntagsgottesdienst. Zuvor war nur eine kleine Vorbereitung nötig.

Jupiter hatte den Mesner beauftragt, die Herde kurz vor Ende der Kirche von der Wiese zu holen. Er selbst wollte anschließend eiligst nach vorne zum Hauptportal kommen, um die Leute beim Hinausgehen aus der Kirche beobachten zu können. Seine einzige Sorge war lediglich, ob Rudi es geschafft hatte, sich in der kurzen Zeit einzugewöhnen.

Für die Dörfler war der Anblick von Jupiters Schafherde nichts Ungewöhnliches mehr. Außer natürlich, sie hatten gesündigt. Dann waren sie verstohlen an Moses vorbeigeschlichen, bis dieser entweder auf seine unverwechselbare Art zur Buße bat oder nur unbeeindruckt dreinglotzte. Der Anblick des friedlich weidenden Bocks sorgte an diesem Sonntagvormittag bei niemandem für Gewissensbisse. Kein Wunder, wusste doch auch niemand, dass der lammfromme Moses ins Himmelreich aufgefahren war. Niemand. Bis auf den Täter natürlich. Während die Gläubigen plaudernd aus der Kirche traten und dem Pfarrer einen schönen Sonntag wünschten, traute dieser seinen Augen nicht.

Wie vom Blitz getroffen, zuckte der Wirt vom ‚Goldenen Ochsen' zusammen, als er den Bock im Kreise seiner Herde entdeckte. Wie konnte das nur möglich sein? Dabei waren noch nicht einmal drei Tage seit seiner Schandtat vergangen, spukte ihm plötzlich eine groteske „Auferstehungstheorie" durch den Kopf. Dann wischte der Wirt sich mit der Hand ertappt über die Stirn, machte kehrt, trottete zurück in die Kirche und ging in der hintersten Bank in die Knie. Der Wirt wollte gar nicht mehr aufhören, sich zu bekreuzigen und beim Herrn um Vergebung zu flehen, bis er Jupiters Hand auf seiner

Schulter spürte und der ihn eindringlich fragte, ob er ihm nichts zu erzählen hätte, während er zum Beichtstuhl hin deutete.

Am Nachmittag brachte Jupiter den geliehenen Schafbock Rudi zurück zum Schäfer. Ihm folgten die beiden Schafe und die zwei Lämmer.

„Hat er sich zurecht gefunden?", fragte der Schäfer.

„Bestens", sagte Jupiter. „Nur habe ich mich entschieden, die Schafhaltung aufzugeben, nachdem der auserwählte Moses nicht mehr unter uns weilt. Deshalb möchte ich dir zum Dank für deine Hilfe meine Schützlinge anvertrauen."

„Danke, Herr Pfarrer", freute sich der Schäfer, „aber wird es dann nicht einsam werden in Ihrem Garten?"

„Nun", Jupiter rieb sich das Kinn und grinste verschmitzt, „ich habe da so eine Idee ..."

Wenige Tage später wühlte Aaron mit seiner Schnauze durch die Erde in Jupiters Garten, grunzte freudig vor sich hin, suhlte sich ab und zu im Dreck und beobachtete mit neugierigen Schweinsäuglein, wer sich alles auf den Weg zum Gottesdienst machte. Ein Mal jedoch quiekte Aaron laut auf, quiekte lauter und lauter und versuchte plötzlich wie wild, ein Loch unter dem Zaun hindurch zu scharren. Jupiter ahnte warum. Der Kämmerer der Nachbargemeinde war zum Gottesdienst zu Besuch gekommen und Jupiter seufzte ein „Hab Dank, O Herr" in den Himmel.

Wollige Detektive
Von Heidi Lang

Theo war das Leittier der großen Schafherde, die sich über die saftige, grüne Wiese im Odenwald verteilt hatte. Er war schon sehr alt, aber seinen Stand als Leittier hatte er sich über all die Jahre erhalten. Keiner der jüngeren Schafböcke hatte ihm bisher seinen Rang streitig machen können. Doch innerhalb der Herde schien sich eine Revolution anzubahnen. Die Jungen waren der Meinung, dass ein neuer Anführer mit neuen Ideen und Durchsetzungsvermögen besser wäre. Sie rebellierten hinter Theos Rücken. Sogar der Klügste der ganzen Herde „Einstein" hatte Theo gewarnt und ihn zur Vorsicht ermahnt. Theo unterhielt sich gerade mit Kasimir, einem seiner besten Freunde, als der immer bockige junge Blacky auf ihn zustürmte. Blacky fing an zu blöken:

„Du musst dafür sorgen, dass der neue Hund des Schäfers nicht immer so zum Spaß die kleinen Lämmer über die Wiese jagt. Die Lämmer finden das nämlich überhaupt nicht witzig."

Theo meinte gelassen: „Das ist ein junger Hund, der muss noch viel lernen bis er all das weiß, was unser Rex wusste. Leider ist der Rex ja viel zu früh gestorben und wir werden den neuen Hund schon auch noch erziehen."

Der neue Hund des Schäfers war ein Border Collie namens Kimba. Kimba nahm seine Aufgabe, die Schafe zu hüten sehr ernst, aber manchmal schlug er über die Stränge und jagte besonders die Lämmer nur so zum Spaß kreuz und quer über die Wiese. Alle trauerten dem lieben Berner Senn Rex nach, der seine Aufgabe sechs Jahre lang mit viel Geduld erfüllt hatte. Einstein, der das Gespräch zwischen Blacky und Theo gehört hatte, mischte sich ein:

„Das mit dem Rex ging nicht mit rechten Dingen zu, das habe ich Euch schon oft gesagt – von einem Tag auf den anderen war der Rex tot. Da ist was oberfaul!"

Blacky fing wieder an zu meckern. „Dem Theo kann man ja sagen was man will, der hat überhaupt kein Interesse mehr für die Angelegenheiten der Herde. Da muss ein junger Anführer her, das sage ich schon lange!"

Theo schaute Blacky lange und durchdringend an. „Und, was schlägst du vor, sollte ich tun?"

„Eine Untersuchung einleiten, was mit Rex passiert ist!", war Blackys Antwort. „Wie stellst du dir das vor? Wir sind nur Schafe, wie sollen wir herausfinden, was mit Rex passiert ist?", meinte nun Einstein.

„Gerade du als der Klügste von uns solltest nicht so reden. Wir sind nicht ‚nur Schafe' – wir können vieles, was die Menschen gar nicht wissen, und wir haben einen großen Vorteil: wir verstehen ihre Sprache, sie aber unsere nicht. Also, seid ihr dabei?"

Theo brummte vor sich hin. „Immer diese Jungen, alles müssen sie lösen, alles wollen sie wissen", aber dann gab er nach und beschloss: „Also gut, wir werden sehen, was wir herausfinden. Du Einstein, überlegst, wie wir an diesen Fall herangehen und du, Blacky, hörst dich schon mal in der Herde um. Vielleicht hat einer ja was bemerkt, was wichtig ist."

Zufrieden wandte sich Blacky ab und mischte sich unter die Herde, um Erkundigungen einzuholen. Theo und Einstein legten sich auf die Wiese und überlegten, ihnen war der Appetit auf das saftige Gras nun gründlich verdorben.

Die Abendsonne versank hinter den Hügeln des Odenwaldes und der Schäfer machte sich mit Kimba auf und trieb die Herde in Richtung der Koppel, auf der sie die Nacht verbringen würde. Auf halbem Weg begegneten sie einer Frau, die ihre Hunde spazieren führte. Die Frau grüßte freundlich und der Schäfer begann ein Gespräch mit ihr. Kasimir begab sich grasend in die Nähe der beiden Menschen, um so ihr Gespräch mitzuhören.

„... müssen aufpassen, denn es stand in der Zeitung, dass vergiftete Köder ausgelegt wurden, zwei Hunde sind schon tot. Ich lasse meine nicht mehr von der Leine, dass sie auch ja nichts fressen", hörte er die Frau sagen.

Der Schäfer antwortete: „Mein Rex hat vor vier Wochen morgens tot in seinem Korb gelegen. Ich weiß nicht, warum er gestorben ist. Eine Untersuchung vom Tierarzt kann ich mir nicht leisten. So habe ich ihn neben der Koppel der Schafe begraben. Dort kann er sie noch immer bewachen."

Tränen traten dem alten Mann in die Augen und auch die Frau war tief betroffen. „Ich möchte nur wissen, wer Hunde so hasst, dass er Gift auslegt!"

Kasimir wandte sich ab und dachte: ich auch!

In der Koppel kehrte Ruhe ein, das Blöcken wurde weniger und bald war nur noch ein vereinzeltes ‚Mäh' zu hören. Die Herde schlief. Nur Theo, Einstein und Kasimir hielten Kriegsrat.

Blacky erzählte: „Marie, Luisa und Kassandra haben eine Entdeckung gemacht, nämlich, dass am Rande der Wiese ganz überriechende

Fleischstücke halb vergraben waren. Nur wissen sie nicht, was es war."

„Das passt", murmelte Kasimir vor sich hin.

„Was passt"? wollte Theo wissen.

„Es passt zu dem was ich gehört habe als unser Schäfer sich mit der Frau unterhalten hat. Sie erzählte von Giftködern, die ein Hundehasser auslegt."

Einstein fasste zusammen: „Also wird der Rex davon gefressen haben. Hat das jemand gesehen?"

Blacky schüttelte den Kopf.

Theo stellte fest: „Viel wichtiger ist, dass wir herausfinden, wer das Gift legt! Dass nicht noch mehr Hunde sterben müssen!"

Einstein nickte.

Blacky blöckte heraus: „Und wie wollen wir das machen?"

„Psst" kam es von den anderen drei.

Theo übernahm wieder das Wort: „Blacky, du fragst wieder die Herde, diesmal nach Spaziergängern oder Wanderern – besonders einzelne Personen."

Einstein stimmte ihm zu. „Ja, das Gift legt ein einzelner Mann oder auch Frau, was meint ihr?"

„Mann!", sagte Kasimir.

„Könnte auch eine Frau sein", meinte Blacky.

„Womit wir uns wieder ganz einig wären", stellte Theo frustriert fest.

In der Nacht wurde es kühler und leichter Nebel zog auf. Als es dämmerte erwachte die Herde zum Leben. Die Sonne kam nun durch den Nebel und der Schäfer und sein Hund führten die Schafherde zu den Wiesen, wo sie zufrieden zu grasen begannen. Nur die vier Detektive waren damit beschäftigt so viele Informationen wie möglich zu sammeln. Viele der Schafmütter reagierten gereizt auf die Ausfragerei, ständig hungrige Lämmchen und dann noch nervige Fragen, das war zuviel für sie. Trotzdem lieferte eine Mutter den entscheidenden Hinweis. Ihr Lämmchen wurde von Kimba gejagt und sie war hinterher gerannt. Da sah sie einen Mann mit einem schwarzen Hut und Rucksack, der am Waldrand etwas ablegte.

„Alle paar Meter nahm er etwas aus dem Rucksack und legte es auf den Boden", erzählte sie dem vor Aufregung zitternden Blacky.

„Und, wie sah er aus? Hatte er etwas Besonderes, an dem man ihn erkennen kann?", löcherte Blacky weiter.

Das Lämmchen kam und stupste die Mutter, diese wollte sich schon abwenden, da drehte sie sich noch einmal um und meinte überlegend: „Doch, er hatte einen Pulli an mit einem gelben lachenden Gesicht."

Blacky suchte Einstein und erzählte, was er gehört hatte.

„Ein gelbes lachendes Gesicht? Sie kann nur einen – wie nennen die Menschen das – Smiley meinen!"

Die ganze Herde wurde unterrichtet nach diesem Mann Ausschau zu halten. „Das kann doch Wochen dauern bis der wieder Gift auslegt!", gab Kasimir zu bedenken.

„Nein, das glaube ich nicht! Hier führen so viele Leute ihre Hunde spazieren, eine bessere Gegend gibt es nicht", sagte Theo, „der kommt bald wieder!"

Und er sollte Recht behalten.

Die Herde befand sich auf dem Heimweg, es wurde schon dunkel. Als sie den Feldweg überquerten sah Blacky das Auto – schwarz und bedrohlich. Vor dem Wagen stand ein Mann mit einem schwarzen Hut. Blacky fing an zu blöken, was das Zeug hielt und Theo, Einstein und Kasimir kamen auch sofort zu ihm. Blacky zeigte ihnen den Mann.

„Wir müssen näher ran", sagte Kasimir.

„Und wie sollen wir das machen? Unser Weg führt nicht dahin!", stellte Theo fest.

„Du musst voran, dann folgen dir alle! Theo, du musst!"

„Aber Kimba wird die Herde treiben, denn wir müssen in die andere Richtung", meinte Theo unsicher.

Einstein mischte sich ein. „Du musst ihn stellen. Ignoriere Kimba und geh auf den Mann zu – wenn er einen Pulli mit Smiley anhat, dann müssen wir dem Schäfer zeigen, was er vor hat. Los Theo, du bist das Leittier, wir folgen dir!"

Langsam und zögernd setze sich Theo in Bewegung, Einstein, Kasimir und Blacky folgten und dann auch der Rest der Herde. Kimbas verzweifelte Versuche, die Herde nach Hause zu treiben wurden einfach ignoriert. Theo hob den Kopf hoch hinauf und stolzierte voran. Am Auto angekommen umkreiste die Herde den Mann – er hatte den Pulli mit dem Smiley an. Der Schäfer war kopfschüttelnd der Herde gefolgt und stellte den Mann zur Rede:

„Guten Abend, was machen Sie hier, wo es doch bald dunkel wird?"

Der Mann stammelte: „Ich habe, ich wollte, ich weiß nicht, ich fahre wohl besser."

Kimba lenkte die Aufmerksamkeit des Schäfers auf den Rucksack. Der Schäfer hob ihn auf und schaute hinein.

„Was wollen Sie damit machen?", fragte der Schäfer, „noch mehr Hunde vergiften?"

„Also, ich gehe jetzt", sagte der Mann, aber der Schäfer hielt ihn fest und rief die Polizei. Als er abgeführt wurde, fragte der Schäfer: „Warum?"

Der Mann zuckte mit den Schultern und ging mit den Polizisten zum Auto.

Das blaue Somali
Von Sabine Axnick

Die Herde von Riklef Paulsen war eine Attraktion, die viele Kurgäste anlockte. Viele der Tiere glichen nicht den üblichen Schafen, sondern erinnerten an geflecktes Rindvieh oder an Mischlingshunde. Der Mann war kein Hiesiger. Vor 5 Jahren zog er in die Kurstadt, errichtete ein kleines Haus in den Schafäckern, baute eine Scheune zum Stall um und kaufte Schafe – merkwürdige Schafe.

Den größten Bestand bildeten Somalischafe, dazu kamen blauköpfige Fleischschafe, Coburger Füchse, Pommersche Landschafe und Karakulschafe.

Da Paulsen für Julius Kühn schwärmte, wollte er dessen Kreuzungsversuche nachstellen.

Es war die Zeit des Lammens und in der Nacht ging er alle zwei Stunden in den Stall und sah nach den Zibben, die er in die Ablammboxen getrieben hatte.

Am frühen Morgen sah er wie ein Mutterschaf den Wassereimer anblökte. Neugierig blickte Riklef hinein und erschrak. Im Eimer strampelte das Neugeborene. Schnell fischte er es heraus, riss sich sein Hemd vom Leib und rieb das Lamm trocken. Dann schob er es der Zibbe hin und das Böckchen trank gierig.

„Du bist schon ein selten blödes Vieh", tadelte Riklef das Tier. „Wie kannst du dein Baby in den Wassereimer fallen lassen?" Er ging ins Haus, holte einige Handtücher und eine Wärmflasche. In einer geschützten Ecke stellte er die Wärmelampe an, wickelte das Lamm in die Tücher und schob ihm die Wärmflasche unter. Die Mutter des Kleinen war ein Landschaf, der Vater eine Kreuzung zwischen Somali- und Karakulschaf. Noch war das Bocklamm schwarz, aber es würde bald aufhellen. Es hatte das lockige Fell des Karakul, sowie die typische blaue Zunge des Landschafes.

Bald hatten alle Zibben gelammt. Paulsen füllte die Tränken auf der Weide, fütterte seinen Border Collie Rufus und ging frühstücken. Kaum hatte er sich gesetzt als der Hund anschlug. Seufzend erhob sich der Hobbyzüchter und ging hinaus. Am Weidezaun stand ein glatzköpfiger, wohlbeleibter Herr in Jeans und selbstgestricktem Pulli. Paulsen wusste sogar dessen Alter: 52 Jahre, genau wie er.

Der Mann blickte ihm entgegen.

„Hallo Riklef, kennst du mich noch?"

„Klar, wie sollte ich dich jemals vergessen, Rolf? Wie hast du mich gefunden?"

Rolf Kalteisen ließ sich mit der Antwort Zeit. Unverhohlen musterte er sein Gegenüber. Riklef war eindeutig der Gesündere von ihnen. Sie waren etwa gleich groß, doch der alte Kamerad war drahtig und muskulös. Das dunkle Haupthaar war kurz geschnitten und grau durchsetzt. Der Seitenscheitel saß jedoch verdächtig tief. „Tja, eigentlich der reine Zufall", antwortete er schließlich. „Ich hab die ganze Eifel nach dir abgesucht, aber auf den Odenwald bin ich nicht gekommen. Ich bin gesundheitlich nicht auf der Höhe und hier zur Kur. In der Pension hörte ich von einem verschrobenen Schäfer, der bunte Schafe züchtet. Das konntest nur du sein." Kalteisen holte ein großes Taschentuch hervor und wischte sich damit über seine schweißnasse Glatze.

Paulsen wurde unruhig. Rolf war ein ehemaliger Freund und Kollege aus dem Klever Zoo. Beide arbeiteten dort als Tierpfleger. Rolf bei den Pinguinen und Riglef bei den Somalischafen. Bevor Rolf nach Kleve kam, war er in Halle beschäftigt. Er erzählte Riglef von den Kreuzungsversuchen des Julius Kühn, der dort Ende des 19. Jahrhunderts ein Institut mit Haustiergarten und einer tiermedizinischen Abteilung gründete. Paulsen verschlang daraufhin alles was er über Kühn in Erfahrung bringen konnte und beschloss, in dessen Fußstapfen zu treten.

„Was willst du von mir?", fragte er den ehemaligen Freund.

„Geld", lautete die knappe Antwort.

„Wofür?"

„Stell dich nicht dümmer, als du bist. Ich weiß genau, dass du es warst, der die Lehrkarten und Schaustücke aus dem Universitätsmuseum gestohlen hat."

„Wie viel willst du?", seufzte Riglef.

„500.000 – fürs Erste".

Riglef pfiff durch die Zähne. „So viel kann ich auf die Schnelle nicht locker machen."

„Nun, ich bin kein Unmensch. Du darfst in zwei Raten zahlen. Ich bin noch 3 Wochen hier. 250.000 am Freitag, den Rest am 16. Mai."

„Ist das dein letzter Tag?"

„Nein, ich fahre am 18.", entgegnete Kalteisen.

„Sag mal Rolf, deine Frau war damals doch so krank. Wie geht es ihr denn?"

„Sie starb vor vier Jahren an Lungenkrebs."

„Das tut mir aber leid. Und wie geht es Tobias und Katrin?"

„Tobias hat sich vor zwei Jahren den goldenen Schuss gesetzt und Katrin hat einen nigerianischen Arzt geheiratet und lebt mit ihm irgendwo in Afrika. Als sie sich mit dem Kerl verlobt hat, hab ich sie rausgeschmissen. Seitdem herrscht Funkstille zwischen uns. Und wie sieht's bei dir aus?"

„Ach, ich bin ganz zufrieden mit meinen Schafen."

„Sind ja tolle Farbmischungen dabei. Ich muss jetzt wieder zurück, hab um zehn meine Anwendungen. Also dann, bis Freitag", verabschiedete sich Rolf.

„So ein Mist", fluchte der Schäfer, als Rolf außer Sichtweite war. „Was mach ich jetzt? Wenn der mich auffliegen lässt, ist die Kacke am dampfen."

Der Appetit war ihm gründlich vergangen. Zum Glück hatte er mehrere Konten bei verschiedenen Banken angelegt, so dass er überall unverfängliche Summen abheben konnte. Er setzte sich in seinen Jeep und fuhr sie nun ab. Die Banker wurden nicht misstrauisch und so hatte er die erforderliche Summe bald beisammen. Mit der zweiten Rate würde es schon schwieriger werden.

Die erste Übergabe fand wie vereinbart statt. Rolf war zufrieden und kehrte fröhlich pfeifend in seine Pension zurück.

Doch Paulsen standen schlaflose Nächte bevor. Was sollte er tun? Er konnte höchstens noch 50.000 beschaffen. Nachdenklich ging er zu seinen Schafen. Das kleine Bocklamm hatte sich prächtig erholt. Es hatte einen blauschwarzen Kopf und schwarze Beine. Sein kurzes Haar schimmerte bläulich und war mit stahlblauen Flecken durchsetzt. Auf dem Rücken bildete sich bereits der schwarze Aalstrich aus. Es war sein schönstes Zuchtergebnis, entwickelte sich aber zum Zaunspringer.

Einige Tage später bekam Paulsen frühmorgens einen Anruf vom Kleehof, dass er dort seinen Springinsfeld abholen könne. So einen weiten Ausflug hatte das Kleine noch nie gemacht. Als er mit dem Lamm zurückfuhr, kam ihm eine Idee. Jetzt musste er nur noch Rolf dazu bringen, den Übergabetermin auf den Abreisetag zu verschieben.

Kalteisen kam jeden Tag vorbei und genoss die zunehmende Nervosität des Schäfers. Der erzählte ihm nun ausführlich von den Eskapaden des blauen Somali und dass er seinetwegen nie lange das Haus verlassen könne. Ob es ihm etwas ausmachen würde, die Übergabe auf den letzten Tag zu verschieben? Rolf war einverstanden.

Am Morgen des 18. Mai nahm er das Böckchen und fuhr mit ihm zum Spielbrettsgraben. Dort setzte er es aus und fuhr zurück. Nun trieb er eine Zibbe mit ihrem Lamm Richtung Wörther Straße, um für Rufus eine Spur zu legen. Völlig aufgelöst rief er dann Rolf auf dessen Handy an. „Das blöde Lamm ist schon wieder ausgebüxt. Ich hol dich jetzt ab, du musst mir suchen helfen."

„Das Vieh kann doch überall sein. Wo willst du es denn suchen?"

„Vielleicht kann Rufus die Spur aufnehmen. Du kannst mit ihm gehen und mich per Handy auf dem Laufenden halten. Wenn ihr es gefunden habt, komm ich mit dem Auto und hole euch."

„Also gut. Dann melde ich mich jetzt ab und komm raus."

Zehn Minuten später wartete Riklef vor der Pension. Rolf erschien mit einer kleinen Reisetasche.

„Ist das dein ganzes Gepäck?", staunte er.

„Nein. Ich bin nicht so blöd und schlepp mich mit den Koffern ab. Die Bahn hat sie gestern Nachmittag abgeholt."

Paulsen verstaute die Reisetasche, dann fuhren sie zurück. Er ließ den Hund aus dem Zwinger, der schnell auf die gelegte Spur stieß. An der Wörther Straße blieb er ratlos stehen.

Paulsen holte den Wagen und fuhr zum Wald. Dort parkte er und traf sich mit Rolf.

„Wo ist der Hund?", fragte er ihn.

„Im Wäldchen."

Da hörten sie Rufus bellen.

„Er hat es gefunden", rief Riklef erleichtert und rannte am Waldrand entlang. Rolf hatte Mühe ihm zu folgen.

Bei der Schlucht blieb Paulsen stehen und rief seinen Hund.

Rolf trat an den Rand und blickte in die Tiefe. „Meine Güte, da geht es aber steil runter."

Jetzt erschien Rufus mit dem Lamm. Der Schäfer schloss es in die Arme und zischte Rufus ins Ohr: „Fass!"

Der Hund sprang bellend auf Rolf zu. Dieser trat erschrocken einen großen Schritt zurück.

Vorsichtig trat Riglef an die Kante und blickte auf den leblosen Körper seines Exfreundes hinunter. Dann nahm er das blaue Somali auf den Arm, spazierte zum Auto und brachte es zufrieden zu seiner Mutter zurück.

Dran glauben
Von Bettina Goldner

Die Osterglocken der evangelischen Kirche St. Lukas läuteten und das Portal des gotischen Kirchleins öffnete sich. Pfarrer Lothar Rieger trat als erster heraus. Hinter ihrem Hirten drängten die Gottesdienstbesucher ins Freie. Pfarrer Rieger drückte jedem seiner Schäfchen die Hand. Sein „Frohe Ostern!" klang innig. Kurz verweilte die Herde in der mittäglichen Aprilsonne, dann strebte sie zu den festlich gedeckten Tafeln im benachbarten Gemeindesaal.

Elvira Rieger, die Pfarrfrau, drückte jedem Erwachsenen ein Glas Sekt mit Orangensaft oder pur in die Hand und ihr Mann, an der langen Stirntafel, sprach das Tischgebet. Rund hundert Brüder und Schwestern im Herrn, unter ihnen Metzgermeister Oswald Gruber, murmelten „Amen" und rückten allsogleich mit Messern und Gabeln den Lämmern zu Leibe, die Gruber persönlich für diesen Zweck geschlachtet hatte. Nur ein knappes Dutzend Gäste versammelte sich am Vegetarier-Tisch, wo es biologischen Räuchertofu gab.

Auf dem Podium positionierten sich derweil Musiklehrer a.D. Anton Meyerbeer am Flügel und fünf Damen mit Notenblättern, unter ihnen Frau Rieger, im Halbkreis um ihn. Herr Meyerbeer griff energisch in die Tasten und mit heiteren Weisen sang der Damenchor tapfer gegen klapperndes Besteck und plappernde Gäste an.

Der kleine Tobias war der Erste, der mitten aufs Parkett spuckte, kurz darauf spie seine Schwester Deborah auf die weiße Tischdecke. Noch bevor ihre Eltern die Bescherung wegräumen konnten, landete aus anderer Richtung eine weitere Ladung Erbrochenes quer überm Tisch. Mehrere Erwachsene stürmten in Richtung Toilette, andere suchten den Weg ins Freie. Wer noch nicht aufgesprungen war von den Tafeln der Fleischesser, hielt sich zumindest Bauch oder Kopf, verdrehte die Augen und stöhnte.

Die Vegetarier alarmierten, als sie den Aufruhr bemerkten, kurz entschlossen den Notarzt.

„Eine Fleischvergiftung, hat es den Anschein", kommentierte die bildhübsche Annika Brodt, angehende Lehrerin und überzeugte Tierrechtlerin, nicht ohne Süffisanz.

Bald stieg auch den Musikern, bei aller Inbrunst der Darbietung, stechender Geruch von Unverdautem in die Nase. Die Sängerinnen ließen mitten im „Frühtau zu Berge" die Notenblätter sinken und Herr Meyerbeer nahm beim vorletzten „Fallera" die faltigen Hände von den Tasten.

Binnen weniger Minuten war der Notarzt samt mehreren Rettungs-helfern zur Stelle. Es herrschte bereits Untergangsstimmung; Pfarrer Rieger lag reglos mit blassblau verfärbtem Gesicht auf dem Boden. Vergeblich versuchte der Arzt, den Geistlichen zu reanimieren. Im vergleichsweise jungen Alter von 46 Jahren hatte der Herr ihn zu sich gerufen.

Herr Meyerbeer, als Einziger sitzen geblieben, beobachtete mit schweißnasser Stirn, wie der Pfarrer dran glauben musste, seine Gat-tin fassungslos zu ihm stürzte und die Sanitäter einen Gast nach dem anderen hinaus trugen. Den beleibten Metzger hievten sie zu dritt auf die Trage. Zuletzt sah der Pianist, wie mehrere Beamte von der Kripo in den Saal traten und sich die junge Frau Brodt einige Tränen von den rosigen Wangen tupfte. Dann drehte er sich auf dem Klavierstuhl und schloss den Deckel über den Tasten.

Alles Weitere stand am nächsten Tag in der Zeitung. „Ostermahl endet im Krankenhaus", titelte die seriöse Presse, „Gammelfleisch oder Gift?", die weniger ernsthafte. Mit Verdacht auf Lebensmittel-vergiftung, war zu lesen, seien rund achtzig Erwachsene und Kinder aus der evangelischen Kirchengemeinde im fränkischen O. im nächs-ten Krankenhaus behandelt worden. Der Pfarrer habe die Mahlzeit nicht überlebt; von den übrigen Personen befinde sich nach Auskunft der Ärzte keine in Lebensgefahr. Ursache der Übelkeit müsse der Lammbraten sein, da die Vegetarier unbeschadet die gleichen Beila-gen wie die Fleischesser zu sich genommen hätten. Die Kripo ermitt-le; noch sei nicht bekannt, gegen wen.

Einen Tag später lag die Analyse der sichergestellten Lammbraten-Reste vor: Sie enthielten Spuren von Rattengift. „Der Verdacht geht in mehrere Richtungen", berichten die Blätter übereinstimmend. Jedermann habe Zugang zur Gemeinde-Küche gehabt und somit theoretisch auch die Möglichkeit, den Braten zu vergiften. Metzger Oswald G., dem Lieferanten des Fleisches, Fahrlässigkeit oder gar böse Absicht zu unterstellen, wo er samt Gattin doch selbst von dem Braten gegessen habe, sei zwar fragwürdig; nichtsdestotrotz sitze der Mann in Untersuchungshaft.

Journalistisch ergiebiger erschien eine andere Fährte. Die führte zu einem Streit zwischen Fleischessern und Vegetariern, der seit rund einem Jahr in der Kirchengemeinde tobte und sich anhand des vierteljährlich erschienenen „St.Lukas-Gemeindebriefs" leicht rekon-struieren ließ.

Lustvoll zitierten die Zeitungen aus einem mit A.B. unter-zeichneten Beitrag in dem Kirchenblatt, demzufolge eine Ethik der

„Ehrfurcht vor dem Leben" sich heute wie die Botschaft von einem anderen Stern anhöre. Massentierhaltung, hieß es weiter, stufe unsere Mitgeschöpfe zu Maschinen herab. Die Übermenge an Fleisch, Milch und Eiern, die die Wohlstandsgesellschaften produzierten, seien mit unsäglichem Tierleid erkauft. Und eine Kirche, die dazu schweige, erkläre den „Bankrott ihres Barmherzigkeitsanspruchs".

Unschwer herauszufinden, dass sich hinter den Initialen die im Impressum aufgeführte Annika Brodt verbarg. In der Folgezeit gingen, mit verschiedenen Leserbriefen, Honoratioren der Gemeinde zum Gegenangriff über. Sie plädierten dafür, „die Kirche im Dorf" zu lassen, Tiere nicht zu vermenschlichen und - bemerkenswert für eine protestantische Argumentation - nicht päpstlicher zu sein als der Papst. Auch Jesus habe nämlich Fisch und Fleisch gegessen. „Wollen wir besser sein als Jesus?", fragte ein Schreiber rhetorisch.

Was zwar nicht gedruckt, aber angeblich gesagt worden war, bekamen findige Reporter auch heraus. Zum Beispiel, dass Frau Brodt „Rosina im Kupf" habe, dass sie „a bläda Henna" oder „a dumms Louder" sei und dahin verschwinden solle, von wo sie vor einigen Jahren herkam, statt den Ort aufzumischen und schon den Tierschutzverein einzuschalten, wenn nur ein Bauer seine überzähligen Katzen ertränke. Immerhin war es der jungen Lehrerin jedoch gelungen, einige Leute zu Mitstreitern zu machen, von denen sich die meisten am österlichen Vegetariertisch wiederfanden.

Ein mögliches Motiv der Tierfreunde wurde darin gesehen, dass sie den Fleischessern den Genuss des tierischen Mahles zu vergällen trachteten – kurzzeitig wenigstens, denn außer dem Pfarrer hatten sich nach zwei Tagen alle schon wieder erholt. So ergab es sich, dass die bildhübsche Annika Brodt bald Zelle an Zelle mit dem dicken Metzger saß. Auch dass sie persönlich den Notarzt alarmiert hatte, half ihr nichts.

Für reichlich Verwirrung sorgte dann der Bericht von der Obduktion des Geistlichen: In seinem Magen entdeckte man größere Mengen des Rattengifts, aber keinerlei Reste vom Osterlamm.

Genau in diesem Punkt sah Kommissar Stein von der Mordkommission denn auch den „Schlüssel zum ganzen Fall". Warum befanden sich keinerlei Bratenreste in Riegers Magen, überlegte Stein und biss in seinen Bleistift. Oder, anders gefragt: Warum hatte der Mann kein Fleisch gegessen?

Kurzentschlossen läutete er bei der Pfarramtssekretärin. Die schmale Frau war sichtlich mitgenommen und antwortete nur stockend: Ja, auf den Redaktionskonferenzen habe Herr Rieger keinen Hehl daraus gemacht, dass er mit Frau Brodts Ideen sympathisiere.

Deshalb konnte sie über das Verhältnis Kirche – Tier ja auch schreiben, was sie dachte. Er selbst wollte sich bei dem heiklen Thema aber nicht exponieren. Dass er sich genau aus diesem Grund beim Ostermahl zwar unter die Fleischesser gereiht, selbst aber nichts vom Braten genommen habe, hielt die Sekretärin durchaus für möglich.

Zum dritten Mal seit Ostern schritt Stein daraufhin zum Pfarrhaus. Zwei bleiche Kinder öffneten ihm und führten ihn zu ihrer Mutter, die sehr aufrecht im Wohnzimmer saß. „Frau Rieger, ich muss sie abermals stören, es gibt Neuigkeiten: Ihr Mann hat von dem Braten nichts gegessen." Die Witwe zog die Augenbrauen hoch. „Die Beilagen befanden sich sehr wohl in seinem Magen, außerdem Sekt, Orangensaft." Elvira Rieger wich das Blut aus den Wangen, aber der Kommissar fuhr unerbittlich fort. „Im Jackett ihres Mannes war ein … nun ja, man kann sagen, ein Liebesbrief, von Annika Brodt. Wir haben die junge Frau dennoch in Haft genommen, weil sie ja, sagen wir, aus enttäuschter Zuneigung hinter dem Komplott stecken konnte."

Stein räusperte sich und hob die Stimme. „Aber es war ganz anders: Die Gefühle der beiden beruhten auf Gegenseitigkeit. Und Sie, Frau Rieger, Sie wussten von dieser heimlichen Beziehung und wollten sich rächen. Sie wollten die Geliebte ihres Mannes als wild gewordene Tierrechtlerin hinter Gitter bringen. Fast gut ausgedacht! Sie kredenzten Lothar Rieger vergifteten Sekt-Orange, ohne zu ahnen, dass die Tarnung mit dem Braten nicht funktionieren würde."

Die Pfarrfrau sank ohnmächtig vom Stuhl und Stein alarmierte seine Kollegen.

Wolle
Von Ruth Löbner

„Ich habe ihm die Kehle durchgeschnitten."

Er hätte sie fast nicht erkannt. Ihre Stimme war brüchig, flüchtig, der Kopf steckte tief zwischen den hochgezogenen Schultern. „Nehmen Sie bitte Platz, Frau Krämer." Er versuchte, unaufgeregt zu klingen. Die Klientin, die erst drei Sitzungen bei ihm genommen hatte, konnte er noch nicht einschätzen. Ihre Blicke suchten Halt an der Tischkante, den Kosmetiktüchern, der Obstschale. Sie knetete ihre roten Hände, die sich unter dem Druck weiß färbten. Schließlich setzte sie sich wie in Trance in den dunkelbraunen Ledersessel, wie immer ohne sich anzulehnen.

„Frau Krämer?"

Er beugte sich leicht zu ihr vor, suchte ihren Blick.

„Überall war Blut. Ich hatte mit dem Blut gar nicht gerechnet." Ihre Stimme war nicht mehr als ein Flüstern. Die rot geweinten Augen sahen ihn wie aus weiter Ferne an. „Verrückt, oder?"

Ihre Mundwinkel zuckten, verrieten aber nicht, ob sie sich auf Lachen oder Weinen vorbereiteten.

„Frau Krämer, wo ist Ihr Mann jetzt?"

Seine Stimme war ruhig, doch eindringlich. Sie sah ihn an, als hätte er ihr eine komplizierte Rechenaufgabe gestellt.

„Ich weiß es nicht."

„Ist er tot, Frau Krämer? Haben Sie das geprüft? Haben Sie einen Krankenwagen gerufen?"

Ein dunkler Schatten legte sich über ihr Gesicht, in dem die Augen fast versanken. „Einen Krankenwagen."

Mehr als ein Echo waren ihre Worte nicht. Er bezweifelte, dass sie verstand, was er sie gefragt hatte.

„Möchten Sie ein Beruhigungsmittel?"

Er stand auf und ging zum Medizinschrank. Am Regal drückte er unauffällig die Notruftaste des Telefons, während er den Apparat mit dem Rücken verdeckte.

„Aber, Sie sagen doch immer ..."

Eine Klarheit, die ihn überraschte, war plötzlich in ihrer Stimme.

„Ich denke, das ist eine Ausnahmesituation."

Mechanisch nahm sie die Tablette ein, die er ihr zusammen mit einem Glas Wasser auf den Tisch gestellt hatte, und griff sich dann an die Kehle, als wolle sie spüren, wie der kleine Fremdkörper ihre Speiseröhre hinunterrutschte.

„Jetzt haben die Demütigungen endlich ein Ende." Sie knetete wieder ihre Hände, sanfter diesmal, wie ihm schien. „Trotzdem bin ich irgendwie nicht erleichtert." Sie atmete tief ein. „Ich kann ..." Sie suchte nach den richtigen Worten. „... die Wurzel nicht eliminieren, verstehen Sie?" Sie stand auf, aber ein Schwächeanfall drückte sie in das weiche Polster zurück. Die Augen geschlossen, massierte sie mit den Fingerspitzen ihre Schläfen. Dann ertönte wie aus dichtem Nebel ihre Stimme. „Ein Negligee oder ein Seidennachthemd. Ein schönes Parfum, mehr wäre nicht nötig gewesen. Ich weiß, das sind alles phantasielose Standardgeschenke – und doch hätten sie mir alles bedeutet. Überhaupt ..." Sie schien etwas klarer zu werden, je weiter die Erinnerung sie in die Vergangenheit führte. „Überhaupt wäre Phantasielosigkeit die Erlösung, die Rettung gewesen." Ohne dass ihr Gesicht sich regte, rann eine Träne ihre Wange hinunter.

„Sie sprechen jetzt die Perversion ihres Mannes an, Frau Krämer?"

Er hatte sich seinen Notizblock genommen und hielt den Kugelschreiber bereit. Gern hätte er ihre vollständige, noch nicht sehr umfangreiche Akte zur Hand gehabt, aber es war ihm zu riskant, jetzt den Behandlungsraum zu verlassen. Die außergewöhnliche Stresssituation schien zu bewirken, dass die verschlossene Klientin den kritischen Punkt nicht nur umkreisen, sondern benennen konnte.

Fast hoffte er, die Polizei würde sich noch eine Weile Zeit lassen. Aber sofort verurteilte er sich für diesen Gedanken. Immerhin ging es um jede Sekunde, in der ihr Mann nicht aufgefunden und eventuell noch zu retten war.

Als sie weitersprach und ihn damit aus seinen Gedanken riss, zuckte er leicht zusammen.

„Nicht ein Mal habe ich das ganze ... Zeug getragen, das er angeschleppt hat." Sie spuckte das Wort aus wie ein ekliges Insekt. „Und trotzdem hat er nicht damit aufgehört. Jedes Weihnachtsfest, jeder gottverdammte Geburtstag. Immer das gleiche. Er hat mich gar nicht wahrgenommen, hat überhaupt nicht gemerkt, wie sehr er mich damit kränkt, verletzt und anwidert." Sie zupfte ein Kosmetiktuch aus der Packung und schnäuzte sich. Das Medikament tat seine Wirkung. Noch nie hatte er sie so emotional sprechen hören, so wenig auf ihre Wortwahl bedacht. Jetzt kippte ihre Stimme und sie sprach unter Schluchzen. „Wissen Sie wie das ist, wenn man immer nur von hinten genommen wird? Da war keine Zärtlichkeit, er wollte nicht mich, wollte mein Gesicht nicht dabei sehen. Gott, wenn ich mir ausmale, was er sich dabei vorgestellt hat, wird mir schlecht."

Beim nächsten Schluchzer hielt sie sich würgend die Hand vor den Mund. Dann fing sie sich wieder. Ihre Stimme war nun dünn, aber fest. „Ich habe ihn geliebt. Das war das ganze Problem. Und ich liebe ihn noch immer. Aber nach dem, was ich getan habe, spielt das wohl keine Rolle mehr." Sie strich mit dem Finger über die Armlehne des Ledersessels, dann sah sie zu ihm auf. „Wissen Sie, es hat mich immer Überwindung gekostet, mich in diesen Sessel zu setzen." Ein sinnlos scheinendes Nicken begleitete ihre nächsten Worte. „Ich meine, es ist natürlich kein Schafleder, aber es reicht, um bei mir die Assoziation zu wecken."

Er runzelte irritiert die Stirn, hatte sich aber sofort wieder im Griff. „Leder hätte mein Mann mir natürlich nie geschenkt. Nur Wolle." Sie lachte kurz auf, ein verzweifeltes Lachen. Erneut legte sich der Schatten über ihr Gesicht. „Wolle", wiederholte sie leise. „Wollpullover, Wolljacken, Wollsocken. Wollene Armschoner, Wollschals, Westen aus Wolle, natürlich Wollmützen – alles unbehandelt, versteht sich."

Sie stand auf, diesmal ließ ihr Kreislauf es zu, stellte sich ans Fenster und schob die Gardine ein Stück zur Seite. „Jedes Geschenk verströmte diesen Geruch, noch bevor ich es ausgepackt hatte. Wenn ich die Augen schließe, sehe ich den grau-beigen Farbton vor mir." Sie zitterte. „Einmal waren in dem Paket ein Paar extralange Kniestrümpfe. Ich glaube, das war zu meinem vierzigsten Geburtstag." Ihre Stimme kippte. „Ich hätte ihn am liebsten damit erwürgt."

Mit einer heftigen Bewegung schlug sie sich die Hand auf den Mund und schluchzte. Das Geständnis, ihn ermorden zu wollen, schien ihr mehr zu schaffen zu machen als das, ihn ermordet zu haben. Er machte eine Notiz.

Ein unauffälliger Blick auf die Uhr ließ ihn stutzen. Seit er den Notruf abgesetzt hatte, war bereits eine Viertelstunde vergangen.

„Frau Krämer, können Sie jetzt darüber sprechen, was heute Morgen geschehen ist?"

Er machte einen neuen Vorstoß auf eigene Faust und schüttelte innerlich den Kopf über die Reaktionsschnelligkeit der Polizei. Zunächst sah sie ihn nur verständnislos an, als wüsste sie nicht, wovon er überhaupt sprach. Dann klärte sich ihr Blick.

„Ach so." Sie schüttelte den Kopf. „Das war gestern Abend."

Eine heiße Welle durchlief seinen Körper. Wenn sie ihm wirklich die Kehle durchgeschnitten hatte, selbst wenn sie ihn nur verletzt hatte, kam inzwischen jede Rettung zu spät.

„Erzählen Sie mir davon?"

Er versuchte, so gefasst wie möglich zu klingen. Sie kam wieder auf den Sessel zu, konnte sich aber offenbar nicht überwinden, das Leder zu berühren und blieb daneben stehen.

„Da war dieser Geruch an ihm." Sie biss sich einen Nietnagel vom Zeigefinger. „Ich konnte in seinen Augen sehen, dass er es wieder getan hatte." Ihr Gesicht verhärtete sich zu einer Maske. „Ich wollte in diesem Moment nichts sehnlicher als Rache. Gestern ..." Sie stockte. „Gestern war mein Geburtstag, wissen Sie?" Sie strich sich eine Locke aus der Stirn. „Er hat mir einen Woll-BH geschenkt." Sie lachte laut auf und die Härte, die plötzlich in ihrer Stimme lag, erschreckte ihn. „Hätten Sie gewusst, dass es Woll-BHs gibt?" Ohne seine Antwort abzuwarten, fuhr sie fort. „Ich habe nichts gesagt. Wie immer. Aber als Robert mich bat, ihn anzuprobieren, bin ich raus. Ich musste da einfach weg. Und er?" Wieder schüttelte sie das hysterische Lachen. „Er geht in den Stall und ..." Das Lachen verwandelte sich in Schluchzen, doch sie fing sich sofort. „Als ich Stunden später nach Hause kam, saß er im Sessel und konnte mir nicht ins Gesicht sehen. Und er roch nach ..." Sie schüttelte den Kopf. „An meinem Geburtstag! Ich konnte nicht mehr klar denken, ich bin in die Küche, habe mir das Fleischermesser genommen und ..."

Die Tür ging auf und zwei Polizeibeamte in Uniform standen im Raum. Sie mussten ohne Blaulicht und Sirene angerückt sein. Er verdrehte die Augen über ihr Timing.

„Sie haben die Polizei gerufen?" Der Beamte klang gereizt.

„Sie haben die Polizei gerufen?" Sie klang verstört.

„Frau Krämer, ich hatte keine andere Wahl. Sie haben Ihren Mann getötet."

Sie sah ihn aus großen Augen an und er ertappte sich bei dem Gedanken, dass sie aussah wie ein Schaf.

„Was habe ich?", fragte sie.

„Sie haben gesagt: ,Ich habe ihm die Kehle durchgeschnitten'."

Das Lachen, das jetzt erst langsam, dann immer heftiger Besitz von ihr ergriff, war beinah ansteckend und wirkte dadurch umso bedrohlicher. Als sie sich wieder gefangen hatte, blickte sie ihm ernst in die Augen und sagte mit Grabesstimme:

„Dem Schaf."

Schafskopf
Von Sunil Mann

Mit sicherer Hand steuerte Bruno den Wagen auf dem engen Sträßchen hinunter ins Tal. Die Dunkelheit der Nacht glitt düster über die Felswände und verdrängte allmählich das lilafarbene Dämmerlicht. „Fahr nicht so schnell!", fuhr ihn Alex an. Steif saß er auf dem Beifahrersitz, irgendwie schien er in seinem schwarzen Designeranzug nicht so recht in den klapprigen Toyota zu passen. Nur zwölf Minuten war er älter als Bruno, und obwohl sie eineiige Zwillinge waren, hätten sie unterschiedlicher nicht sein können. Das hatte sich von Anfang an abgezeichnet. Während Alex' Niederkunft reibungslos verlaufen war, hatten sich bei Bruno Komplikationen ergeben, und trotz aller Anstrengungen des Arztes überlebte die Mutter die Geburt ihres zweiten Sohnes nicht. Der Vater, verzweifelt und gebrochen, machte bei der Namensgebung rasch klar, was er von seinen beiden Söhnen hielt. Alex wurde nach Alexander dem Grossen benannt, Bruno erbte den Namen seines geächteten Onkels, der sich, um der Enge des Tals zu entfliehen, mit seinem Liebhaber nach Amerika abgesetzt hatte. Als Kind litt Bruno stets darunter, wenn Alex mit seinem berühmten Namen angab und ihn dabei überlegen anlächelte. „Erzähl mal, von wem du deinen Namen hast, Schafskopf", sagte er dann und alle Kinder lachten, weil sie die Geschichte auswendig kannten. Doch Bruno lernte, seine Wut hinunter zu schlucken.

Alex war immer der Erfolgreiche gewesen, der von allen Geliebte und Bewunderte, der sein Studium mit Auszeichnung abschloss, bald schon eine eigene Firma gründete und im Verlauf der Zeit ein beträchtliches Vermögen anhäufte. Bruno hingegen war alles, was sein Bruder nicht war, sie ergänzten sich auf tragische Weise perfekt.

„Sie will die Hälfte meines Vermögens!", stieß Alex plötzlich hervor. Bruno wusste, dass Alex sich gerade von seiner dritten Frau scheiden ließ. Er hatte sie nur ein Mal gesehen, bei der Hochzeit, und wusste nicht recht, was er dazu sagen sollte. „Doch das werde ich nicht zulassen", fuhr Alex unbeirrt fort. „Meine Anwälte kümmern sich jetzt darum." Alex musterte ihn herablassend. „Aber was weißt du schon von diesen Dingen!" Er lachte leise. „Schafskopf!" Er nannte ihn gerne so, als wären sie immer noch kleine Jungs auf dem Schulhof. Bruno spürte wieder diese Wut in sich aufsteigen, doch er schluckte nur leer, während seine Fäuste sich um das Lenkrad krampften, bis die Knöchel weiß hervor stachen.

Bruno kannte die Strecke auswendig. Nach dem Schlaganfall seines Vaters vor drei Jahren war er täglich nach Feierabend hinauf auf die Alp gefahren. Hatte die Schafe versorgt, dem Vater das Nachtessen gekocht, ihn gewaschen, ihn ins Bett gebracht, und währenddem geduldig die Lobeshymnen auf seinen Bruder angehört, hatte nichts gesagt und den Schmerz hinunter gewürgt. Alex war sein ganzer Stolz, selbst als dieser nicht einmal mehr zu Weihnachten zu Besuch kam, verteidigte ihn der Vater.

Jetzt war der Vater tot. Beide waren sie überrascht gewesen, als ihnen der Notar nach dem Begräbnis eröffnete, wie viel Geld der Vater zusammengespart hatte. Er hatte an alles gedacht und ein Testament verfasst, das Alex das gesamte Geld zusprach, Bruno hingegen erbte die heruntergekommene Hütte, in der der Vater bis zuletzt gewohnt hatte, und ein paar altersschwache Schafe. Wie versteinert hatte Bruno dagesessen.

„So pass doch auf, Schafskopf!"

Alex' Geschrei schreckte ihn aus seinen düsteren Gedanken auf und er trat jäh auf die Bremse. Ein Schafhirte, ein junger, kräftiger Bursche, trieb gerade seine Herde über das schmale Bergsträsschen. „Die verkratzen dir die Kühlerhaube!", rief Alex, doch Bruno zuckte nur mit den Achseln. Alex fuhr sich nervös durch die Haare. „Scheisse!"

Schweigend sahen sie den Schafen zu, die im Licht der Scheinwerfer gemächlich über den Asphalt trotteten und in der Dunkelheit verschwanden, einige hoben neugierig die Köpfe und spähten ins Auto, und sie sahen ihre malmenden Kiefer, die gutmütigen und ein wenig dämlichen Blicke. Alex stieß genervt die Luft aus. Die Zeit schien still zustehen.

Genau so ein Schaf bin ich, dachte Bruno, gutmütig und dämlich. Ein Schafskopf eben.

Und da schoss ihm eine Idee durch den Kopf, und er entschied auf der Stelle, dass nun genug sei.

Der Plan war riskant, doch er hatte keine Wahl. Jetzt oder nie. Er betrachtete sich unauffällig im Rückspiegel. Sie sahen sich auf den ersten Blick immer noch zum Verwechseln ähnlich, doch fünfundvierzig Jahre im Schatten des Bruders hatten ihn gezeichnet. Fünfundvierzig Jahre Spott und Schmach, fünfundvierzig Jahre als Versager, als ewiger Zweiter. Doch das würde jetzt ein Ende haben.

Er ließ den Motor an und fuhr los. 200 Meter, das würde reichen. Er kannte die Strecke auswendig. Nach der nächsten Biegung warf er seinem Bruder einen letzten Blick zu, dann löste er mit einem raschen

Handgriff dessen Sicherheitsgurt. Surrend schnellte diese zurück, und Bruno drückte das Gaspedal durch.

„Spinnst Du?", schrie ihn Alex an, als sie auf die Kurve zu rasten. Dann krachte der Wagen durch das morsche Holzgeländer und prallte mit Getöse in die Rottanne.

Die Stille war gespenstisch. Einzig das Zischen des Dampfes, der aus der völlig zerdrückten Motorhaube schoss, war zu hören. Ächzend richtete sich Bruno in seinem Sitz auf. Ihm war speiübel, höllische Schmerzen loderten in seinem linken Arm, und Blut lief ihm übers Gesicht. Doch er durfte keine Zeit verlieren. Er biss die Zähne zusammen und spähte zu seinem Bruder hinüber. Der alte Toyota hatte noch keine Airbags, und Alex war beim Aufprall durch die Windschutzscheibe geschleudert worden. Regungslos lag er auf dem Waldboden im trockenen Laub. Wankend ging Bruno zu ihm hin. Alex schien nicht mehr zu atmen. Bruno legte ihm vorsichtig zwei Finger an die Halsschlagader. Nichts. Kein Puls mehr spürbar. Er ging rasch ans Werk.

Als er den Anzug seines Bruders anhatte, und der wiederum in seinen alten, dunklen Jeans und dem schwarzen Leinenhemd steckte, die er für die Beerdigung angezogen hatte, überprüfte er noch einmal, ob er auch alle Ausweise, Kreditkarten und Halbtax-Abos ausgetauscht hatte. Da schreckte ihn das raschelnde Geräusch von eilig sich nähernden Schritten auf. Schnell setzte er sich wieder in den Wagen, legte den Kopf aufs Lenkrad und verharrte regungslos.

Er hörte jemanden rufen, der Schafhirte, gefolgt von seiner Herde, wie er durch die halb geschlossenen Lider erkannte. Der junge Mann kam auf ihn zu, und Bruno stöhnte auf.

„Mein Gott!", rief der Schäfer plötzlich und wandte sich ab. Und dann musste Bruno tatenlos mit ansehen, wie sich der Schafhirte entschlossen neben seinem Bruder hinkniete und ihn mit einer Herzmassage ins Leben zurück holte, während drei Dutzend Schafe sich um sein Auto drängten und ihn dämlich anglotzten.

Bruno starrte an die weiß getünchte Decke. Sie hatten ihn ein paar Tage zur Beobachtung im Spital behalten, doch am nächsten Morgen würde er entlassen werden. Er hatte sich bei dem Unfall den Arm gebrochen und eine leichte Gehirnerschütterung erlitten, sein Bruder hingegen war schwer verletzt worden. Voll gepumpt mit Schmerzmitteln lag er im Bett neben ihm und schlief die meiste Zeit. Und wenn nicht, dann dämmerte er apathisch vor sich hin. Sein Zustand war kritisch, doch die Ärzte waren zuversichtlich. „Ihr habt beide unglaubliches Glück gehabt", hatten sie zu Bruno gesagt, den sie für Alex hielten. Doch Bruno wusste nur zu gut, dass alles Glück der Welt seinen Bruder nicht retten konnte. Die kommende Nacht würde er nicht überleben. Unauffällig tastete er nach dem Tablettenvorrat, den er unter der Matratze versteckt hatte. Seit er hier war, hatte er sich Schlafmittel und Schmerztabletten vom Mund abgespart, nur um seinen Plan endlich zu vollenden. Man würde an eine versehentliche Überdosis glauben. Er lächelte. Und dann wäre er Alex. Endlich.

Es war kurz vor Mitternacht, als die Nachtschwester das Zimmer betrat. Bruno, der ungeduldig wach gelegen hatte, schloss schnell die Augen und stellte sich schlafend. Sie schaltete ihre Taschenlampe ein und blieb einen Moment lang stehen, um die Krankenblätter zu studieren, die am Fußende der Betten hingen. Sie schien zu zögern. Der Lichtkegel streifte flüchtig die Gesichter der beiden Patienten, verharrte einen Augenblick, wanderte erneut von einem zum anderen und dann wieder zurück, bevor er endlich verlosch. Dann hörte Bruno, wie sich Schritte leise seinem Bett näherten.

„Ich habe dich einmal sehr geliebt, Alex", flüsterte sie. „Doch du zwingst mich zu tun, was ich jetzt tue."

Sie schluchzte, während sie sich über ihn beugte. Bruno schlug die Augen auf und stellte entsetzt fest, dass es Alex' dritte Frau war, die als Krankenschwester verkleidet neben seinem Bett stand. Kurz dachte er noch an die Schafsherde, dachte, dass er wirklich ein dämliches Schaf war, ein richtiger Schafskopf, doch da war es bereits zu spät. Das Letzte was er in seinem Leben sah, waren die Tränen, die in ihren Augenwinkeln glitzerten, dann senkte sich das Kissen unerbittlich auf sein Gesicht.

Sch(l)aflos im Odenwald
Von Michael Deitrich

2.767 Schafe hat Martin Fahrenhorst-Degenhardt gezählt. In mehr als zwei Stunden zweitausendsiebenhundertsiebenundsechzig Schäfchen, bis er endlich in seiner Gefängniszelle in der Justizvollzugsanstalt Weiterstadt eingeschlafen ist. Qualvolle, belastende Gedanken hätten ihn fast um den nächtlichen Schlaf gebracht. Schmerzliche Erinnerungen holten ihn immer wieder an den Ort des Geschehens zurück, an dem alles so friedlich und harmlos begann.

„Waaaastl" – „Waaaastl, wirst du jetzt wohl endlich zu mir kommen!" Doch Wastl, der Rauhaardackel von Martin lässt sich nicht beirren und ignoriert die fast schon flehenden Rufe seines Herrchens. Beide befinden sich auf dem Weg ins Jagdrevier im Fürstenauer Forst, einem kleinen Waldgebiet in der Nähe von Michelstadt im Odenwald. Es ist vier Uhr in der Früh und ein typisch nasskalter Novembertag. Nebel breitet sich auf den Wiesen und dem Weg, auf dem die beiden Gefährten unterwegs sind, aus. Ohne Nebel ist es schon schwer den kleinen Dackel zu sehen, aber heute ist es fast unmöglich. Im Kegel des Taschenlampenlichts sieht Martin seinen Hund recht schemenhaft herumtollen. Wastl ist eben noch ein wenig verspielt und oft war er noch nicht mit zur Jagd. Bis zum Hochsitz sind es noch schätzungsweise siebenhundert Meter. Ihr Weg führt sie in diesem Augenblick an der Schafsweide von Bauer Hofmann vorbei. An schönen Sommertagen schaut man von hier über saftige, grüne Wiesen, die mit Löwenzahn übersät sind hinunter ins Tal. Dort wo die Mümling ihren Weg sucht. Auf der gegenüberliegenden Seite des Flusses sind die Erhebungen des Odenwaldes zu erkennen. Kurzum, der Betrachter fühlt sich wie im Paradies auf Erden.

Völlig unerwartet schlägt Wastl an. Martin hat sich so erschrocken, dass ihm die große Taschenlampe fast aus der Hand gleitet. Vorsichtig und zeitlupenartig geht Martin, fast auf Zehenspitzen, in Richtung seines Jagdhundes. Im Gehen leuchtet er langsam mit seiner Lampe über den Weg und sieht zu seinem Entsetzen einen leblosen Körper am Wegrand liegen. Doch aus dieser Entfernung kann er noch nicht erkennen auf was er sich zu bewegt. Es ist eine Mischung aus Angst und Neugier, die ihn dennoch voran treibt. Liegt da eine Frau in einem weißen Mantel? Das Licht in der Dunkelheit, vermischt mit dem Nebel, bringen seine Gedanken zu den von ihm gerne gesehenen

Miss-Marple-Filmen. In diesem Moment wünscht er sich den Mut der alten Dame herbei. Doch je näher er kommt, umso schneller schlägt sein Puls und sein Herz macht Sprünge wie ein australisches Kängeruh.

Noch ein paar Meter, nur noch wenige Schritte. Jetzt setzt bei ihm das kalte Grausen ein. Es ist gottlob keine tote Frau im Pelz, auch kein anderes menschliches Wesen. Vor Martin und Wastl liegt ein totes Schaf. Gerissen von einem streunenden oder freilaufenden Hund? Martin kniet sich langsam nieder. Erst jetzt kann er die Ausmaße des Grauens erkennen: dem armen Tier wurde mit einem Messer die Kehle durchgeschnitten. Auch mindestens zwei Kugeln haben das Tier getroffen. Das erkennt Martin an den Einschusslöchern im Fell des Tieres. Doch wer macht so etwas? Wer erschießt ein Schaf, schneidet ihm die Kehle durch und lässt es am Wegesrand liegen? Ihm gehen unendlich viele schreckliche Gedanken durch den Kopf. Auf einmal spürt er eine warme, klebrige Feuchtigkeit an seinen Beinen. Er kniet inmitten in einer großen Blutlache. An der Wärme erkennt der erfahrene Waidmann sofort, dass das Schaf noch nicht lange tot sein kann, also auch noch nicht lange hier liegt. Sein mittlerweile, auf Normalwerte gefallener Blutdruck schnellt blitzartig wieder in die Höhe. Sein Puls fährt Achterbahn. Ihm selbst scheint das Blut in den Adern zu gefrieren. Wer einem Tier so kaltblütig nach dem Leben trachtet, der wird mit Menschen wohl nicht besser umgehen. Martin hat Angst. Ja regelrecht panisch ist ihm zu Mute.

Kein Vogel zwitschert. Keine Maus raschelt durch das heruntergefallene Laub. Es ist totenstill im Wald. Ja so still, dass man eine Stecknadel könnte fallen hören. Sogar Wastl ist regelrecht von Martins Angst angesteckt. Der Jagdhund kauert mittlerweile hinter einer senkrecht in den Himmel ragenden Wurzel eines frisch gefällten Baumes.

In diese unheimliche, spannungsgeladene Stille mischen sich leise Motorgeräusche, die langsam, aber zunehmend lauter werden. Ein Fahrzeug nähert sich. Noch ist es in weiter Ferne, doch Martin erkennt im dunklen Nebelgrauen aufgeblendete, grelle Scheinwerfer eines Autos. Von der Höhe der Scheinwerfer schließt Martin auf einen Geländewagen. Schlagartig verlöschen die Lichter, doch das Motorengeräusch ist noch zu hören und kommt immer näher.

Martin macht sich vor Angst fast in die bereits vom Blut des Schafes durchnässte Hose. Wie viele Mörder sitzen in dem Wagen. Einer? Zwei? Drei? Oder sogar vier? Er springt auf und läuft in die entgegengesetzte Richtung los. Erst im letzten Moment erinnert er sich, dass er einen Hund dabei hat. Fast hätte er in seiner Aufgeregtheit Wastl, seinen treuen Begleiter, vergessen! Gerade noch rechtzeitig erreichen Martin und Wastl in sicherer Entfernung einen großen Stapel aufgeschichteter Holzstämme, hinter dem sich die beiden ungesehen verstecken können. Das Auto kommt im Schritttempo näher und näher. Martin zählt eins und eins zusammen. Im Auto sitzen Mörder. Mörder, die jetzt auch noch zu Dieben werden.

Das Auto hält an. Der Motor wird ab- und das Standlicht eingeschaltet. Fast gleichzeitig, ja geradezu synchron, öffnen sich vorsichtig alle vier Türen des Autos. Eine der Türen quietscht. Es ist eingetreten, was Martin nie zu denken gewagt hatte. Es sind tatsächlich vier Personen. An den Wortfetzen, die Martin vernimmt, kann er ausschließen, dass es sich um befreundete Jagdkollegen handelt. In typischer Odenwälder Mundart hört er den Fahrer, es muss sich gleichzeitig auch um den Boss der Bande handeln, sagen: „Basst uff, packt dess Viiech in de Kofferraum un nix wie ab, bevor de Förschder kimmt." (Übersetzung ins Hochdeutsche: Passt auf, packt das Tier in den Kofferraum und schleunigst weg von hier, bevor der Förster kommt).

Martin lugt vorsichtig hinter dem Holzstapel hervor und sieht im mittlerweile einsetzenden Morgengrauen, dass zwei der Gestalten Gewehre tragen. Er erkennt amerikanische Pump-Guns. Martin kommt sich vor wie in einem schlechten Schimanski-Tatort. Hoffentlich fängt jetzt nicht auch noch sein Handy an zu klingeln. Dann wäre das Szenario perfekt. Soll er die Polizei anrufen? Vor lauter Aufregung fällt ihm nicht einmal mehr die Notrufnummer ein.

Urplötzlich läuft Wastl los, bellt was das Zeug hält und rast auf die Männer zu. Die zwei bewaffneten Typen reißen sofort ihre Waffen in die Höhe, eröffnen das Feuer und ballern los. Die Kugeln durchsieben regelrecht den kleinen, treuen Begleiter von Martin. Das ist des Guten zuviel. Jetzt verwandelt sich seine panische Angst in blanken Hass und unendlose Wut.

Martin hebt ruckartig sein Gewehr, späht durch Kimme und Korn, bis er eine dunkle Gestalt im Visier erblickt. Es ist einer der Schafsmörder! Ein Hüne von Mann. Breit wie ein Schrank und groß wie eine Odenwälder Eiche. Auf seinem breiten Rücken ähnelt das eben noch am Wegrand liegende und von Blut verfärbte Schaf eher einem winzigen Lamm. Martin hat den Finger bereits am Abzug. Doch unkontrolliert fangen seine Knie an zu zittern. Ihm stockt der Atem, Blutdruck und Puls befinden sich am Anschlag und es durchläuft ihn ein noch nie gekanntes Gefühl an spannungsgeladener Beklommenheit. Denn auf einen Menschen hat er in seinem langen Leben noch nie gezielt, geschweige denn geschossen. Er hält inne – und jäh durchpeitscht ein Schuss den noch jungen Tag.

Martin gleitet langsam zu Boden ...

Es scheppert und klirrt. Er reißt die Augen auf und über ihm prasseln Töpfe und Pfannen nieder. Nach einem langen Arbeitstag war der Sterne-Koch in der Küche seines Michelstädter Restaurants eingeschlafen. Es war wieder einer dieser schrecklichen Albträume, die ihn immer während der „Odenwälder Lammwochen" heimsuchen.

Sein Name ist Haggis
Von Ursula Lange

Muriel und Harold lebten ruhig in einem kleinen Dorf, gelegen in einem bewaldeten Tal. Ihr Haus lag hinter der letzten Biegung, die aus dem Tal führte, nach zehn Minuten nahe einem kleinen Tannenwäldchen. Muriel fragte sich jeden Tag, vor allem, seit ihre beiden Söhne in der Stadt wohnten, wie sie sich hatte überreden lassen, hierher zu ziehen. Selbst ihr Mann Harold arbeitete in der Stadt und musste täglich mit dem Auto hin und her fahren. Dazu kam noch, dass ihre Schwiegereltern im nächsten erreichbaren Haus wohnten und ihr mit kleinen Sticheleien das Leben versüßten. Mal verdiente ihr Mann gut genug, dass sie nicht arbeiten brauchte, dann warfen sie ihr vor, zuviel Freizeit zu haben und sie könne doch besser dazuverdienen. Die immer öfter werdende, berufliche Abwesenheit von Harold machte ihre Situation nicht unbedingt besser. Muriel wurde manisch-depressiv und flüchtete sich in die Welt der Bücher, Filme und des Internets. Die Freunde und Bekannten von früher wurden immer weniger, da Muriel sich immer weiter in ihre neue Welt zurückzog. Das Älter werden forderte dazu gesundheitliche Einschränkungen. Ihre rechte Gesichtshälfte und ihr rechter Arm waren durch eine chronische Nervenentzündung gelähmt. Ansonsten sah sie noch jung aus für ihr Alter. Die einzige Beschäftigung im Freien war ihre kleine Schafherde, die hinterm Haus friedlich graste. Muriel hatte jedem einen Namen gegeben, obwohl sie jedes Jahr davon einige an den Schlachter verkaufte. Hätte Muriel ihre Schafe nicht gehabt, hätte sie wahrscheinlich auch das Sprechen verlernt. Die menschliche Kühle ihres geliebten Harolds lastete schwer auf Muriel. Alle Versuche sich ihm zu nähern schlugen fehl. Seine mütterliche Bindung wog schwerer als seine Liebe zu ihr. Jeden Abend bevor sie einsam in ihr kaltes Bett im Dachgeschoss stieg, - Harold schlief schon lange in einer Kammer neben dem Wohnzimmer -, ging sie an der Schafweide vorbei in den kleinen Tannenwald spazieren. Sie glaubte, so ihren Kopf frei machen zu können von den immer wiederkehrenden Alpträumen, die sie nun fast jede Nacht quälten. Anfangs genügte es, wenn sie bis zum Ende des Wäldchens und zurück spazierte, doch mit der Zeit brauchte sie immer mehr Distanz zwischen sich und der Kälte, die sie erwartete. Eines Abends überquerte sie die Bundesstraße, die das Waldgebiet trennte und durchschritt den nächsten Wald. Nach einer Weile schimmerte Licht durch die Bäume und Muriel gelangte an eine, mit Schotter bedeckte Auffahrt, die zu einem villenähnlichen Bungalow führte. Viele Autos standen dort und ein Gesumm von

Musik, Lachen und Satzfetzen durchzog die abendliche Luft. Erschrocken zog sie sich zurück und kehrte schleunigst um. Ihr Herz tat ihr weh und sie vermisste die fröhlichen, gemeinsamen Tage mit ihrem Harold. Die letzten Meter nach Hause rannte sie. Diese Nacht wälzte sie sich nur schlaftrunken und fand keine Ruhe. Ein schrecklicher Albtraum quälte sie.

Zufällig, am nächsten Tag, entdeckte sie einen merkwürdigen Chatroom im Internet. Dort fand sie noch andere Frauen, die dasselbe Schicksal teilten. Die geführten Diskussionen waren bunt gemischt, von suiziden Abschieden bis zu Neuanfängen mit oder ohne Partner, egal ob mit dem alten oder einem neuen Ehegatten, oder sogar neu orientiert mit dem eigenen Geschlecht. Die Möglichkeiten waren schier endlos. Es gab auch gekonnte Unfälle und fachgerechte Lösungen für den Abtrünnigen oder die böse Schwiegermutter. Muriel war begeistert und fühlte sich nicht mehr so einsam. Noch fehlte ihr aber die Kraft, sich zu entscheiden, welchen Weg sie für sich wählen sollte.

Früher waren Muriel und Harold gemeinsam mit ihren Kindern in Urlaub gefahren, danach nur einmal zu zweit nach Schottland für eine Woche. Muriel wäre am liebsten dort geblieben, doch Harold konnte sich nicht für neues Leben in einem anderen Land entscheiden. Seine materiellen Wurzeln waren fest verhakt in dem kleinen Dorf und dem abgelegenen Haus. Muriel schrieb sich noch immer mit den netten schottischen Wirtsleuten ihrer Pension. Sie fragten ständig, wann sie denn wiederkämen und Muriel fand bisher immer Ausreden, weshalb sie die folgenden Jahre nicht kommen konnten. Sie lenkte das Thema jedes Mal geschickt auf das gemeinsame Hobby, die Schafe. So lernte sie auch mehr über die hauseigene Schlachtung. Sie schämte sich zu erwähnen, dass Harold jetzt allein für eine Woche in die Südsee flog und sie bei ihren Schafen alleine ließ. Wenigstens war das für ihn ein Grund, ihr per Email einen Liebesgruß zu schicken. Doch nach dem zweiten Ausflug ihres Harold in den Süden ohne sie, genügte ihr das nicht mehr und sie startete einen neuen Versuch zur Rettung ihrer Liebe.

Zu seinem Erstaunen kamen seine Eltern dieses Jahr nicht zu seinem Geburtstag, sondern schickten eine Karte aus dem Urlaub. Muriel hatte für ihn ein echtes schottisches Gericht gezaubert, von dem er damals in ihrem Schottlandurlaub so geschwärmt hatte. Sein Name war Haggis.

„Da hast du dich ja selber übertroffen, Muriel, das schmeckt ja fast noch besser als ich es in Erinnerung habe!"

„Tja, das Rezept habe ich nach den Weisungen unserer damaligen Wirtsleute mit unseren Schafen hergestellt. Dafür mussten zwei von ihnen ihr Leben lassen. Die Kartoffeln und Rüben sind natürlich vom Bauern. Ich freue mich, dass es dir schmeckt!" Schon lange hatte er keine so lieben Worte an sie gerichtet und eine ungewohnte Wärme durchzog ihren Körper. Still nahm sie noch mal Abschied von seinen Eltern und lächelte ihn liebevoll an. Er tätschelte sogar zärtlich ihre Hand.

Eine Woche später erhielt Harold wieder eine Karte seiner Eltern, mit der Mitteilung, dass sie ihre Ersparnisse in ihre Reise quer durchs Land stecken wollten und vorerst nicht zurückkämen. Er solle sich um den Verkauf ihrer Wohnung und den Hausrat kümmern, das Geld auf ein Postkonto einzahlen. Sollten sie irgendwann nach Hause kommen, könnten sie ja vorübergehend bei ihm unterkommen. Harold wunderte sich zwar kurz über die Entscheidung, war aber beruhigt über ihren letzten Satz, der ein gekonnt gequältes Aufstöhnen bei Muriel verursachte. An diesem Abend tanzte sie durch das kleine Tannenwäldchen und pflanzte eine kleine Lärche auf der Grube mit den Überresten des Haggis. Ihre unterkühlte Zweisamkeit taute ganz langsam wieder auf und bald konnte Muriel ihren Harold überreden, auch wieder nach Schottland in Urlaub zu fahren. „Schau, deine Eltern gönnen sich im Alter eine Rundreise. Warum sollen wir denn solange darauf warten? Du hast doch schon so viel gearbeitet und wir beide lieben uns doch! Lass uns das Leben jetzt genießen."

„Eigentlich hast du ja recht, Muriel, warum nicht. Aber was ist, wenn sie wiederkommen und sie brauchen uns?"

„Mach dir keine Sorgen, liebster Harold, die Nachbarn haben einen Schlüssel und werden uns anrufen, sollte es dazu kommen."

Was niemals passieren würde, aber dass wussten nur Muriel, eine Lärche im Wald und die unendlichen Tiefen des Internetchats. Und sollte Harold seine Eltern doch mehr lieben als sie, dann gab es eben noch einmal Haggis und sie würde nach Schottland gehen, Schafe züchten. Auch Liebe geht bekanntlich durch den Magen.

Anmerkung:
Haggis ist ein traditionelles schottisches Rezept.
Frau benötigt dazu als Basis: 1 Schafsmagen, Herz, Lunge und Leber eines Schafes (küchenfertig vorbereitet), 2 geschälte Zwiebeln, 2 Tassen Hafermehl, 1-2 Tassen Nierenfett, Salz + Pfeffer, Cayenne Pfeffer und Muskatnuss.

Unheimliche Begegnung
Von Wulf Dorn

Es war definitiv die verrückteste Geschichte, die Colin Walker in seinen sechsunddreißig Dienstjahren zu Ohren gekommen war. Und wenn ihn der alte Malcolm nicht angelogen hatte, würde dieser Fall in ganz Neuseeland, ja wenn nicht gar in der ganzen Welt, einiges Aufsehen erregen. Dennoch – es war einfach zu verrückt, um wahr zu sein.

Auch sein jüngerer Kollege, Chad Brown, hatte offensichtliche Zweifel an Malcolm Owens Aussage.

„Himmel, der riecht wie eine Brauerei", schimpfte er, nachdem er Owen in die Ausnüchterungszelle gebracht hatte und zu Walker auf den Parkplatz vor der kleinen Polizeistation trat. „Kein Wunder, dass der solchen Stuss labert. Seine Pappe ist er auf jeden Fall los."

„Trotzdem", Walker hielt ihm das Gewehr aus Owens Pickup entgegen, „er hat vor kurzem damit geschossen."

Brown schnupperte am Lauf. „Wahrscheinlich auf einen Baum oder ein Straßenschild, vielleicht auch auf ein Opossum. Um diese Mistviecher ist's nicht schade."

„Hm", machte Walker und betrachtete erneut das Gewehr im Licht der Straßenlampe.

„Hey, Colin, nun machen Sie aber mal halblang! Sie wollen mir doch nicht erzählen, dass Sie diesem Säufer glauben?"

„Sagen wir's mal so: Ich glaube ihm, dass er auf etwas geschossen hat. Etwas, das ihm Angst gemacht hat. Und ich kenne Malcolm lange genug, um zu wissen, dass dafür nicht viel in Frage kommt."

Brown zuckte mit den Schultern. „Mag ja sein. Aber Außerirdische? Das ist doch Blödsinn."

„Am besten, wir überprüfen das an Ort und Stelle", meinte Walker und ging zum Streifenwagen.

Missmutig ließ sich Brown in den Beifahrersitz plumpsen. „So ein Mist, in ein paar Minuten ist Spielbeginn."

„Dann beeilen wir uns eben. Rugby hin oder her, da draußen gibt es möglicherweise eine Leiche."

„Oder einen Baum mit Schrotlöchern", brummte Brown und sah in die Herbstnacht hinaus.

Sie verließen Havelock und folgten der schmalen Straße, die sich zwischen den Hügeln zu Owens Schaffarm hinauf wand. Der Farmer hatte berichtet, er habe im Mussel Boys zu Abend gegessen und sei kurz nach Einbruch der Dunkelheit losgefahren, um rechtzeitig zum

Spiel der All Blacks zuhause zu sein. Etwa auf halber Strecke habe er angehalten, um ein oder zwei Biere loszuwerden.

Dort sei er ihnen dann begegnet - unheimlichen Wesen, wie er sie genannt hatte, die aus dem Dunkeln auf ihn zugekommen seien. Sie hätten ihn bis zu seinem Wagen verfolgt, und dann habe er aus Panik auf den Größten von ihnen geschossen. Er habe sich nicht mehr umgesehen, sondern sei sofort zur Polizeistation gerast.

„Hier muss es sein", meinte Walker und hielt neben einem Schild, das auf die benachbarten Schaffarmen von Malcolm Owen und Charles Spencer hinwies.

„Wehe da liegt kein Marsmensch", maulte Brown, als er seine Taschenlampe einschaltete und aus dem Wagen stieg.

„Keine Sorge, den Cup haben wir sowieso schon so gut wie ..." Walker verstummte und richtete seine Taschenlampe auf den Asphalt. „Heiliger Strohsack!"

Brown trat neben ihn und starrte auf die breite Blutspur, die von der Straßenmitte zur Schafweide führte.

„Kein Opossum", meinte Walker. „Wenn ein kleines Tier so viel Blut verliert, kann es sich nicht mehr weit schleppen."

Brown erwiderte nichts, aber man konnte ihn in der Stille der Nacht schlucken hören. Die beiden Polizisten folgten der Spur, entdeckten niedergedrücktes Gras und wurden wenig später fündig. Vor ihnen zeichnete sich ein dunkler Umriss auf dem Boden ab.

Zu groß für ein Tier, dachte Walker als er vorsichtig näher trat und seine Taschenlampe darauf richtete.

Erschrocken fuhr er zusammen. Der Lichtkegel erhellte das blutbespritzte Gesicht eines etwa Sechzigjährigen, der mit gebrochenem Blick ins Nirgendwo starrte.

„Hol mich der Teufel", keuchte Walker. „Das ist Charlie Spencer!"

Nun hielt auch Brown den Lichtstrahl auf die Leiche, in deren Brust eine große Wunde klaffte. „Ich fass' es nicht! Dieser besoffene Trottel hat doch tatsächlich seinen Nachbarn im Dunkeln für einen Außerirdischen gehalten und abgeknallt."

„Verdammt seltsam." Walker nahm die Mütze ab und strich sich durchs Haar. „Ich kenne keinen, der mehr verträgt als Malcolm."

„Sehen Sie mal!", rief Brown und riss ihn aus seinen Gedanken. „Hier drüben. Was, zum Kuckuck, ist das für ein Ding?"

„Sieht wie ein Geigerzähler oder so aus", meinte Walker, nachdem er sich neben Brown gekniet und das Gerät eingehend gemustert hatte. „Soll sich die Spurensicherung mal vornehmen."

Sie verständigten die Criminal Investigation Branch in Blenheim und machten sich nach deren Eintreffen auf den Weg zu Spencers Farm, um seiner Frau die schreckliche Nachricht zu überbringen. Diese Aufgabe fiel Walker zu. Er kannte Valerie schon seit ihrer gemeinsamen Schulzeit. Brown zog es vor, im Wagen zu warten. Obwohl Walker sehr behutsam vorging und Valerie eine gestandene Frau war, die nichts so leicht umwarf, traf sie der Schock hart. Sie schwankte und wäre fast auf den Küchenboden gestürzt, hätte Walker sie nicht rechtzeitig gehalten und zum Tisch geführt. Eine Weile saß er schweigend neben ihr. Schließlich hob sie wieder den Kopf und wischte sich die Tränen aus dem Gesicht. „Es war ihm einfach nicht vergönnt. Sein ganzes Leben hat Charlie auf dieser Farm gerackert und die letzten Jahre fielen mehr als mager aus. Und jetzt, wo wir bald reich gewesen wären, passiert so etwas."

„Reich?" Erstaunt hob Walker die Brauen. Aus seiner Sicht vertrug sich das Wort reich mit Charlie Spencers Name ebenso wenig wie arm mit dem von Bill Gates.

Valerie nickte nur, während ihre Augen erneut hinter Tränenschleiern verschwanden. Dann erhob sie sich und schlurfte nach nebenan ins Wohnzimmer. Sie kam mit einem Aktenordner zurück, den sie Walker reichte.

„Hier. Damit hätte er es geschafft."

Stirnrunzelnd überflog Walker die Unterlagen. Der erste Teil beschäftigte sich mit Neuseelands Schadstoffemissionen, die laut Charlies Recherchen 0,2 Prozent der globalen Treibhausgase ausmachten. Es folgte eine handgeschriebene Auflistung von Methanmessungen über einen Zeitraum von 18 Monaten. Walker musste an das seltsame Gerät am Tatort denken. Der Rest waren Unmengen von Berechnungen und eigenartigen Skizzen.

„Offen gesagt, werde ich aus all dem nicht schlau", gestand Walker. „Wie kann man mit Methanmessungen reich werden?"

Valerie putzte sich geräuschvoll die Nase, ehe sie zu einer Erklärung ansetzte. „Mehr als die Hälfte dieses Methans stammt von ... na ja ... von Körperausdünstungen."

„Was?" Nun verstand Walker gar nichts mehr. „Du meinst, Charlie ..."

„Nein, nein", wehrte sie ab. „Von Schafen. Neun Millionen Tiere, von denen jedes bis zu sieben Kilo Methan im Jahr produziert – den gefährlichsten Klimakiller."

„Du nimmst mich auf den Arm? Charlie wird reich, weil pupsende Schafe schuld am Ozonloch sind?"

„Er wäre reich geworden", schluchzte Valerie, einem weiteren Weinkrampf nahe.

„Ähm, hör mal, Val", Walker bemühte sich um einen verständnisvollen Tonfall, „mir ist schon klar, dass das alles ein ziemlicher Schock für dich sein muss, aber ..."

„Du verstehst nicht", fuhr sie ihn an. „Mein Charlie hat an die Zukunft gedacht. Die Schafzucht boomt. China fordert immer mehr Fleisch an. Deshalb wird es bald noch viel mehr Schafe geben, also auch mehr Methan. Die Regierung plant bereits eine Besteuerung."

„Eine Pupssteuer? Du machst Witze."

„Danach steht mir gerade wirklich nicht der Sinn."

„Hm, ja. Tut mir leid." Walker spürte Hitze auf seinem Gesicht, und versuchte mit einer Schlussfolgerung davon abzulenken. „Dann hat Charlie also etwas entwickelt, um den Methanausstoß zu verringern?"

„Richtig. Die Farmer hätten sich darum geprügelt, schon allein wegen der Steuerersparnis. Es ..."

In diesem Moment platzte ein weißgesichtiger Chad Brown in den Raum und verriegelte hektisch die Tür. Blankes Entsetzen stand in seinem Gesicht. Die weit aufgerissenen Augen schienen ihm fast aus den Höhlen zu kullern, als er stammelte: „O-Owen hatte Recht. Sie ... sie sind gekommen."

„Wer?", wollte Walker wissen. „Wer ist gekommen?"

„Aliens", keuchte Brown und drückte sich mit dem Rücken gegen die Tür. „Eine ganze Armee."

Walker eilte an ihm vorbei zum Fenster und sah auf den nächtlichen Hof hinaus. Ihm stockte der Atem.

Rings um den Streifenwagen, aus dessen offen stehender Beifahrertür die Übertragung des Rugbyspiels zu hören war, standen an die dreißig Kreaturen. Vierfüßer in seltsamen Anzügen. Sie sahen zu Walker herüber. Dann trottete eines der Wesen auf das hell erleuchtete Fenster zu. Es trug einen skurrilen Helm, von dem Schläuche zu einem kleinen Tornister auf dem Rücken führten. Auch das Hinterteil war mit diesen Schläuchen versehen. Knapp vor dem Fenster blieb die Gestalt stehen und stieß ein blechernes „ Mäh" aus.

„Was hat er?" Erschrocken sah Valerie zwischen den beiden Polizisten hin und her. „Was ist da draußen?"

„Furzende Schafe in Schutzanzügen", murmelte Walker. „Und der arme Malcolm hat ihren Anführer beim Messen der Restwerte erschossen."

Weshalb die letzten 2007 Jahre anders liefen als geplant
Von Ulrich Hoyer

Palästina , Bethlehem , 24. Dezember '00 , 15:00 Uhr Ortszeit.

Eine Gruppe ärgerlich dreinschauender Menschen südländischen Typs sitzen oder stehen in einem kalten streng riechenden Stall, über welchem ein helles Licht leuchtet, das wie ein Stern aussieht. Um sie herum allerlei Viecher. Einer der Männer, die anderen nennen ihn Josef, meint, dass die Zeit nun langsam knapp würde. Heute Abend müssten sie alles, beziehungsweise alle beisammen haben; sonst könnten sie das Ganze gleich vergessen.

Mittig im Raum steht eine Futterkrippe, sie ist mit Stroh gefüllt und aus ihrem Innern dringt das leise Weinen eines Neugeborenen. Maria, eine schlanke junge Frau mit langen, in der Mitte gescheitelten Haaren steht auf und beruhigt das weinende Kind.

Melchior, ein in einen weißen Anzug gekleideter schwarzer Riese mit einer mehr als fetten Goldkette um den Hals meint, da hätte er sich den weiten Weg ja sparen können, wenn nun alles ohnehin anders liefe als geplant.

Maria sagt, es könne doch nach monatelangen Vorbereitungen und viel Heimlichtuerei wegen ihrer Schwangerschaft nicht an einem blöden Schaf scheitern. Das alles sei zu wichtig für die Menschheit, deren Erlösung und nicht zuletzt für die ganze noch zu gründende Religion, die, wenn der heutige Abend nicht korrekt ablaufe ja gar nicht ihren vorgesehenen Anfang habe. Außerdem habe sie keinerlei Lust länger zu warten. Eine weitere männliche Person namens Balthasar meint, die Hirten stünden bereit, der Ochs und der Esel wären da, aber es stünde halt geschrieben, dass auch mindestens ein Schaf anwesend sein müsse.

Josef stöhnt leise auf, so etwas wie heute passiere nicht alle Tage und nur heute stünde der Stern günstig und nun hänge alles an einem abhanden gekommenen Schaf.

Einer der Hirten schlägt vor, dass sein anwesender Kollege aus dem Nachbardorf doch ein Schaf spielen könnte. Am Äußeren würde der nicht scheitern, bei dem Blick, dem dichten schwarzen Fell und dem Geruch.

Maria kichert leise, verlangt dann aber mehr Ernst, das sei der Situation angemessener. Melchior spielt verlegen mit seiner Goldkette, er mag keine Witze über schwarze Schafe.

Kaspar, der dritte der drei für einen Stall völlig unpassend gekleideten Männer, sagt, er bekäme langsam Hunger.

Eine große Gestalt mit langem blonden Haar und Flügeln meldet sich zu Wort und sagt in einem Tonfall, der keinerlei Widerspruch zulässt, dass „der Boss" das Drehbuch ganz sicher nicht mehr ändern würde, nur weil sie nicht in der Lage waren auf ihr Vieh aufzupassen; so viel stünde fest.

Dabei sieht er die Hirten streng an, denen daraufhin ein eiskalter Schauer über den Rücken läuft, da mit dem Boss nicht zu spaßen ist.

Derweil stiert der Ochse blöde vor sich hin und der Esel fühlt sich zu der Bemerkung bemüßigt, dass seine Zeit in Bremen als Stadtmusikant auch lustiger gewesen sei als diese Statistenrolle die er hier spiele.

Maria klagt, dass es mit dem Abendessen wohl nichts mehr würde, da sie und Josef auf der langen Reise hierher alle Vorräte aufgebraucht hätten und der Basar bereits geschlossen sei. Lediglich Yussuf, der diebische Türke habe eventuell noch seine Garküche geöffnet.

Also macht sich Josef auf den Weg zu Yussuf dem Türken.

Lange bevor Josef die Garküche erreicht, riecht er etwas, das ihm schlagartig die Größe ihres Dilemmas klar macht. Es riecht nach Döner, es riecht nach Gegrilltem, es riecht nach SCHAF!

Das Schaf im Wolfspelz
Von Heidi Bermes

Der Verkehr ist zum Erliegen gekommen. Unter das Blöken der Schafe mischt sich das Hupen der Autofahrer. Das Getrippel der Hufe hallt von den Hauswänden wieder. Hunderte Schafe wälzen sich durch die Straßenflucht in die Stadt hinein. Ihre Wollleiber wogen dahin wie Gewitterwolken am Himmel. Gert Petersen ist der Anblick der Tiere vertraut. Der Schäfer wandert in ihrer Mitte, seinen breitkrempigen Hut ins Gesicht gezogen macht er sich mit seinem Hirtenstab den nächsten Schritt frei. Am Rand der Herde halten sich die Hunde. Sie lieben diese Wanderungen mit der Herde, wenn sie gefordert werden, die lebendige, wogende Masse auf den richtigen Weg zu leiten. Die Befehle klar und eindeutig. Hunde und Hirte sind eins.

Als Kind hatte Gert es genossen, dem alten Schäfer bei seiner Arbeit zuzusehen. Wie er gezielt aus der Wollmenge mit dem Haken seines Stabes ein Schaf herauspickte. Wie er seinen Hunden mit einem Pfiff mitteilte, in welche Richtung sie die Herde treiben sollten. Der Schäferkarren. Die Stille über dem Deich, wenn die Stadt, sein Zuhause und der Streit seiner Eltern so weit fort waren. Wie hatte er Klaas Mommsen um diesen Vater beneidet.

Die Schafherde trippelt weiter in die Innenstadt hinein, ohne Rücksicht auf rote Ampeln und Verkehrsregeln. Irgendwo ist eine Sirene zu hören, Gert nimmt sie kaum wahr. So wie er alles um sich herum kaum wahrnimmt. Nur die Leiber der Schafe, die Hunde und der Weg, der vor ihm liegt. Nur das nächste Stück bis zur nächsten Kreuzung. Er pfeift unhörbar, aber die Hunde dirigieren den Strom der Schafe hinein in die Fußgängerzone.

Klaas und Gert waren älter geworden. Noch immer war es Gerts liebste Beschäftigung gewesen, bei den Schafen auf dem Deich zu sein. Dort fand er alles, was er brauchte. Nur Klaas zuliebe blieb er dann und wann in der Stadt, im Jugendtreff, in der Disko oder im Kino. Klaas sagte, nur so könnten sie Mädchen kennen lernen. Aber Anna hatte er dort nicht kennen gelernt. Anna hatte Gert bei Schäfer Mommsen getroffen. Sie hatte die Schafe gesehen und er hatte Anna gesehen und sich verliebt.

Auf der nächsten Straßenkreuzung steht ein Polizeiwagen. Zwei Polizisten stehen daneben. Sie schauen in seine Richtung. Sie winken. Sie rufen etwas. Gert hört nur das Blöken seiner Schafe. Ein Hund wendet kurz den Kopf in seine Richtung. Ein Signal aus der Pfeife und die Schafe wogen in zwei Wellen rechts und links am Einsatzfahrzeug vorbei. Gert hält sich in der linken Welle, als diese an den Polizisten vorbeischwappt. Er sieht, wie sie sich bemühen, eine Lücke in der Herde zu finden, dann achtet er nicht weiter auf sie. Ein neuer Pfiff und die vorauseilenden Tiere werden auf den Marktplatz gedrängt.

Klaas hatte sich gewundert, warum Gert nicht mehr mit in den Jugendtreff kam. Dann wird sein Vater ihm wohl von Anna erzählt haben, denn Klaas kam auch wieder mit auf den Deich. Den nächsten Kuss von Anna bekam Klaas, er wusste genau, wie er damit punkten konnte, der Sohn des Schäfers zu sein. Klaas nahm sie mit, wenn ein Schaf lammte und Klaas war es, der Anna fragte, ob sie das verwaiste Lämmchen mit der Flasche füttern wollte. Gert blieb nur der weite Himmel, die Wiesen und die Wärme der Wollleiber. Er ging nicht mehr mit in den Jugendtreff, die Disko oder das Kino. Dort würde er niemanden kennen lernen, der ihm etwas bedeuten könnte. Als Anna mit Klaas vor den Altar trat, hatte Gert seine Sachen gepackt. Hatte die Stadt und die Wiesen davor verlassen und anderswo seine Ausbildung zum Schäfer gemacht, war ganz in die Hege der Tiere und die Ausbildung der Hunde aufgegangen.

Ein weiterer Pfiff, die Hunde versichern sich mit einem Blick auf den Schäfer, dass sie ihn richtig verstanden haben. Ein leichtes Nicken seines Kopfes reicht ihnen. Die Türen des Rathauses öffnen durch Bewegungsmelder automatisch. Nur kurz wagt es der Pförtner sich den Leibern entgegen zu stellen, dann weicht er zurück. Die Akustik der Eingangshalle verstärkt das Blöken der Schafe um ein Vielfaches. Die Engstelle des Eingangs ist nur ein vorübergehendes Bollwerk gegen den Ansturm. Schon bald ist die Halle voller Gewitterwolle. Die wenigen Besucher sind in Nebenräume geflüchtet, haben die Türen fest verschlossen. Inmitten der Schafe taucht der breitkrempige Hut des Schäfers auf. Ein stummer Pfiff und die ersten Schafe werden zur Treppe getrieben.

Als die Deichpacht neu zu vergeben war, war Gert in die Stadt zurückgekommen. Er hatte seine Hunde mitgebracht und Mommsens Schafe übernommen. Hatte sie überteuert abgekauft, aber das war bei den Bedingungen für die Pacht ausgehandelt worden. Gert bezog den

Schäferkarren und kam nur in die Stadt, um sich das wenige, was er zum Leben brauchte zu besorgen. Er und seine Schafe versahen die Deichpflege, sorgten dafür, dass das Gras kurz blieb und die Wurzeln den Deichboden festhielten. Gert meldete die kleinen Einbrüche im Deich nach der Flut und half bei den Reparaturen. Der Deich war sein Leben. Der Deich, die Schafe und die Hunde. Der weite Himmel und das offene Land. Mehr wollte Gert nicht. Mehr hatte Gert nie gewollt.

Im zweiten Stock treiben die Hunde die ersten Schafe den Gang hinunter. Neugierig werden Köpfe aus den Türen gesteckt. Einige Stimmen klingen belustigt. Die Besorgten bleiben hinter verschlossenen Türen. Gert macht mit seinem Hirtenstab die nächste Stufe frei. Schweigend steigt er hinauf. Er ist stumm geworden in der Zeit, in der er nur durch die Pfeife mit seinen Hunden gesprochen hat. Es haben sich viele Worte angestaut in seinem Mund, Worte, die immer stärker nach außen drängen. Dabei weiß er selbst gar nicht mehr, wie sich seine Stimme anhört.

Anna war ihn auf dem Deich besuchen gekommen. Genauso stumm wie Gert. Schweigend hatte sie neben ihm auf der Stufe des Schäferkarrens gesessen bis sie genauso wortlos wieder ging. Ihre blauen Flecke und die Abschürfungen im Gesicht hatte Gert trotzdem bemerkt.

Anna war wiedergekommen. Hatte Gert bei den Lämmern geholfen oder einfach neben ihm auf der Stufe gesessen und den Schafen, den Hunden und dem Deich zugesehen, hatte wie Gert früher die Stille genossen und den Streit daheim vergessen. Sie war immer öfter gekommen. Auch abends und nachts, wenn sie beide auch den Sternen zusehen konnten. Sie hatten nie über ihre Unfälle und Klaas gesprochen.

Der Gang ist voller Schafe. Gert hebt den Stab, der sonst gezielt ein Schaf aus der Herde greifen kann und deutet damit auf eine Tür. Ein Hund springt über die Wollleiber hinweg. Mit der Schnauze drückt er die Klinke herunter. Unter dem Andrang der Schafe schlägt die Tür nach innen auf.

Dann war Anna nicht mehr gekommen. Sie sei gestürzt sagte Klaas, als Gert mit seinen Schafen an seinem Haus vorbeizog. Anna war lange im Krankenhaus, bis sie wieder auf den Deich kam. Blass und schmal sah sie aus, als könnte sie kaum das kleinste Lamm auf den Arm nehmen.

In der Nacht hatte Gert unter dem weiten Himmel gesessen, das jüngste Lamm auf dem Schoß. Es war nicht so, dass er in dieser Nacht einen Entschluss gefasst hatte. Es war, als hätte er selbst eine stumme Pfeife gehört. Die Sonne stand kaum am Himmel, da pfiff er den Hunden, die Herde zu sammeln und sie auf den Weg in die Stadt zu bringen.

Klaas springt hinter seinem Schreibtisch auf, als das erste Schaf in sein Büro dringt.

„Was zum Kuckuck ..."

Klaas hat keine Angst vor Schafen. Entschlossen geht er ihm entgegen und will es zurückdrängen.

„Gert!", schreit Klaas. „Das ist lächerlich!"

Die Schafsleiber drängen Klaas von der Tür weg. Nachrückende Schafe schieben ihn weiter an die Wand. Gert steht in der Tür. Die Schafe weichen dem Stab ihres Hirten aus und stoßen weiter durch die Tür. Klaas steht mit dem Rücken zur Wand.

„Gert, sag den Hunden, sie sollen die Schafe wieder heraus treiben!"

Weitere Schafe dringen ins Zimmer. Hinter dem Fenster kann Gert auf den Marktplatz vor dem Rathaus sehen. Dort treibt ein Hund die letzten Schafe zum Eingang.

Anna hatte ihn kaum angesehen, da auf dem Deich nach der langen Zeit im Krankenhaus. Stumm war sie in die Schafherde hineingelaufen und hatte sich dort zwischen die Tiere fallen lassen. Anna hatte die Schafe mit offenen Armen über sich kommen lassen. Auf dem Deich waren sie über sie hinweggetrampelt. Hunderte von ihnen. Warme weiche Wolle, Wolken, die ihr Leben mit sich nahmen.

„Gert, wir können doch über alles reden." Klaas' Stimme ist kaum noch über das Blöken der Schafe zu hören.

„Über alles? Über Freundschaft? Den Deich? Über Anna?"

„Über alles", weint Klaas. Unter dem Druck der Wollleiber ist er die Wand herabgerutscht.

„Zu spät." Gert weiß nicht, ob er es laut gesagt oder doch nur wieder gedacht hat. Klaas hat es sicher nicht mehr gehört. Der Hirte legt seinen Stab auf die Seite und lässt sich zwischen die Schafsleiber fallen. Die ersten Hufe spürt er über seine Beine trippeln.

Ohne Krone
Von Judith Merchant

Ich sehe die Kriminalbeamten schon von weitem. Das Land ist hier ziemlich flach, und die Zäune bestehen aus Stacheldraht, sodass man meilenweit gucken kann, wenn man will, nur gibt es nicht viel zu sehen, an den meisten Tagen.

Ich trockne meine Hände sorgfältig, binde mir die Schürze ab und setze Kaffee auf, denn ich gehe davon aus, dass die Herren einige Fragen haben. Bei einer Tasse Kaffee redet es sich leichter, finde ich. Und natürlich ist es auch nett, ein wenig Gesellschaft zu haben, fast, als hätte ich Besuch.

Nach kurzem Zögern stelle ich die bunte Dose mit den dänischen Butterkeksen auf den Tisch, die ich wegen Marko unter Verschluss halte. Der sitzt zum Glück in seinem Zimmer und spielt mit der Playstation.

Im „Tatort" schauen die Ermittler sich ja meist erst unauffällig um, wenn sie Zeugen in ihren eigenen vier Wänden befragen, aber die beiden Herren setzen sich gleich an den gedeckten Tisch und legen los. Dass man den armen Helmer endlich gefunden hat, ist natürlich schon längst von Hof zu Hof gewandert, fast zwei Wochen lang hat er in der Jauchegrube von Bauer Breitscheid gelegen, wo ihn die Spürhunde nicht haben wittern können. Besonders nachdrücklich gesucht hat ihn aber ohnehin keiner, seine eigene Frau war nicht sicher, ob er verschwunden war oder sie nur mal wieder verlassen hat. Für Aufregung sorgt hier vor allem das mit dem Schafbock, den dasselbe Schicksal ereilt hatte, sie lagen quasi Arm in Arm mit gespaltenen Köpfen in der Gülle.

Das alles erzählen mir die feinen Herren aus der Stadt, während sie Kaffee trinken und die Kekse aus der Dose futtern.

„Haben Sie eine Ahnung, weswegen jemand ein Schaf umbringen will?", fragt der mit dem Schnauzbart.

Mein Löffel schwebt einen Augenblick über der Tasse, dann rühre ich um und nehme einen Schluck. „Nein, natürlich nicht."

„Sie selber halten auch Schafe?"

„Ja", sage ich. Dann kaue ich und schlucke den süßen Keks, irgendwas muss ich schon erzählen, sonst kommt denen das komisch vor. „Aber nur aus Liebhaberei. Die Zucht lohnt sich nicht mehr. Ein Kilo Wolle gibt heutzutage kaum einen Euro."

Die Beamten wechseln einen Blick, ich sehe ihnen an, dass sie von Wollpreisen keine Ahnung haben.

„Und weswegen züchtet Ihr Nachbar dann welche?"

Ich wundere mich ein bisschen über die blöden Fragen, das können sie ja auch von seiner Frau erfahren oder von sonst wem, die befragen eh die halbe Nachbarschaft. Na ja, im Tatort reden die auch manchmal um den heißen Brei rum.

„Er verkauft sie ganz. Dafür gibt es eine große Nachfrage, besonders zu muslimischen Schlachtfesten. Die Familien kommen zu ihm, vor allem aus den großen Städten, suchen sich eins aus, nehmen es mit und schlachten zu Hause. Das ist für Helmer praktisch, kaum Arbeit, wenig Dreck. Und für die Käufer ist es ein netter Tagesausflug."

„Und warum machen Sie es nicht genau so?"

Ja, warum lebe ich arm und verlottert, und der Nachbar macht den Reibach? Ich finde die Frage bescheuert, darum rühre ich bedächtig in meiner zweiten Tasse und betrachte die Bilder über dem Kachelofen so nachdrücklich, bis die Blicke der Ermittler meinem folgen.

Ich hab es ja sonst nicht so mit dem Einrichten, aber auf meine Küchenwand bin ich stolz. Marko hat mir geholfen, sie zu streichen, als er noch kein fetter Teenager war, der zu nichts Lust hat. Er durfte die Farbe aussuchen, und seitdem leuchtet die ganze Wand in einem knalligen Grün. Tags darauf haben wir viele kleine Bilderrahmen gekauft, für jedes Schaf eines, und seitdem ist die Anzahl der Bilder mit jedem neugeborenen Lämmchen gewachsen, eine richtige kleine Herde ist es, hier an meiner Küchenwand. Nur die Frau vom Jugendamt fand das doof, sie kam letztes Jahr, um den Zuschuss für Markos Klassenfahrt mit mir zu besprechen. Als sie die Fotos sah, fragte sie sofort, weswegen ich kein einziges Bild von meinem Sohn aufgehängt hätte, und ich antwortete ihr, dass der immerhin noch keinen Wettbewerb gewonnen hätte, und dann drängte ich sie, mit mir auf die Weide zu gehen, damit sie Luzie betrachten könne, Luzie war damals auf dem Höhepunkt ihrer Schönheit.

Das war direkt nachdem sie den ersten Platz gemacht hatte, das schönste Schaf von Nordrhein-Westfalen war sie geworden, vor allem aber hatten wir auf der Ausstellung Lenin kennen gelernt und Jens. Jens ist Student der Agrarwissenschaft, und Lenin hatte den zweiten Platz gemacht. Wir hatten nach der Preisverleihung Waffeln am Stand gegessen und abgemacht, dass er seinen Lenin im November vorbeibringt zum Decken, das wäre eine echte Chance für Luzie gewesen.

Meine Küchenwand sagt mehr als tausend Worte. Meine Schafe sind meine Familie. Sie werden nicht geschlachtet, da bleibe ich lieber arm. Beantwortet das die Frage, liebe Kriminalpolizei? Ich würde niemals ein Schaf töten, es sei denn, es hat mir oder meinen Lieben was getan.

Ich nehme Luzies Bild von der Wand und betrachte es zärtlich, dann gebe ich es dem mit dem Schnäuzer in die Hand und hoffe, dass er den perfekten Schwung der Ohren sieht, die sanften Augen, die näher beisammen stehen als üblich bei Heidschnucken, und die gleichmäßige Färbung des Fells.

Er nimmt das Bild und guckt drauf, so blöd könnte ein Schaf nie gucken, denke ich.

„Wollen Sie Luzie sehen?" Ich warte die Antwort gar nicht ab. Natürlich wollen die Herren ihre Zeit nicht damit verschwenden, ein Schaf zu betrachten, und sei es so schön wie Luzie, aber das ist mir egal. Es wird für Luzie nicht mehr viele Bewunderer geben.

Ohne mich umzusehen, gehe ich den Weg zum Stall, ich weiß, dass die wohlerzogenen Herren mir folgen. Luzie steht jetzt nicht mehr bei den anderen auf der Weide. Das ist sicherer. Natürlich vermisst sie die anderen ein bisschen, Schafe sind am liebsten in ihrer Herde, aber ich besuche sie wirklich jede freie Minute und rede mit ihr und bringe Leckereien.

„Das ist sie."

Sie blökt leise und liebevoll, als ich sie hinter dem Ohr kraule, und reibt ihren Kopf an meinem Bein. Die Herren schauen sich um, sichtlich schockiert von dem Durcheinander im Stall.

„Machen Sie die ganze Arbeit hier alleine?", erkundigt sich der Dünne.

Ich zucke die Achseln. „Wer sonst? Mein Sohn geht zur Schule und interessiert sich nicht mehr für die Tiere, und einen Mann habe ich nicht." Oh, das macht die Herren verlegen, bestimmt haben sie von den anderen eh schon alles über unsere Familiensituation gehört, unverheiratete Mütter sind selten, hier auf dem Land.

Eine peinliche Stille entsteht, peinlich für die, nicht für mich, denke ich und hole für Luzie eine Handvoll Hafer aus der Kiste, während sich die Herren bemühen, nicht auf meinen Hüftspeck zu schauen, der unter meinem hochgerutschten Strickpullover hervorquillt, als ich mich bücke. Der Tag, an dem sie mir das Krönchen aufgesetzt haben, ist lange vorbei, Erntekönigin 91, man glaubt es kaum, wenn man mich heute sieht. Ach ja, neun Monate nach der Feier kam dann Marko, das hatte ich dann von meinem Krönchen. Zwei Jahre alleinerziehend, und ich war nicht mehr wiederzuerkennen. Ich sehe jetzt scheiße aus, ganz ehrlich.

Die Herren wollen gehen, das sehe ich genau. Der mit dem Schnäuzer wischt mit einem Papiertaschentuch an seinem Hosenbein herum, ja, mein Lieber, Ställe sind schmutzig.

„Das wäre es dann. Einen schönen Tag noch, und wenn Ihnen noch etwas einfällt, hier ist meine Visitenkarte."

„Jaja", sage ich und stecke die Karte in meinen rechten Gummistiefel, natürlich werde ich ihn nicht anrufen, egal, was mir einfällt. Wer einen Mord aufklären will, noch dazu einen Doppelmord, sollte ein bisschen mehr Biss haben.

Ich streichle die arme Luzie und sehe den Herren durch das Stallfenster nach. Man kann ja sehr weit sehen, hier.

Deswegen habe ich auch genau gesehen, wie der Bock vom Helmer den Zaun eingerissen und sich über die arme Luzie hergemacht hat, Luzie, die auf einer separat eingezäunten Weide gestanden und auf den prächtigen Lenin gewartet hat.

Noch etwa drei Monate, dann bekommt die arme Luzie ihren Bastard, ihre ganze Zukunft ist versaut, sie wird keinen Schönheitswettbewerb mehr gewinnen, und Papiere wird das arme Lamm auch nicht haben, weil der Vater jetzt nicht der Zuchtbock Lenin ist, sondern ein hergelaufener Nachbar.

Trotzdem freue ich mich irgendwie, es wird sicher ein hübsches Lämmchen, und es wird nie in die Pubertät kommen und fett werden und den ganzen Tag fernsehen und Playstation spielen wie Menschenkinder. Luzie wird jedenfalls nicht allein da sitzen, sie hat ja mich und die Herde.

Ja, Menschen haben es schwerer, wenn sie Bastarde bekommen, denke ich. Und das alles wegen Helmer. Beim Gedanken an Helmer grinse ich zufrieden. Der sah auch scheiße aus, wie er da mit zerschmettertem Schädel in der Pisse versank, dabei war er 1991 richtig hübsch, der Helmer.

Aber er hat ja bekommen, was er verdient hat, wenn auch verspätet. Und sein blöder Bock auch.

Bockspringen
von Michael Rapp

Dieter Galhard, ein hagerer alter Mann mit Halbglatze, Ex-Vorstandsvorsitzender der HypoIdealbank, ehemals einer der Mächtigen des Landes, hing mit dem Oberkörper in einem Wassertrog auf dem Rasen vor seiner Villa. Bekleidet war er mit einem ungeschickt zusammengenähten Poncho aus Schaffellen und einer schmutzigen Jeans. An den Händen trug er rosa Gummihandschuhe. Neben dem Toten lag ein Kofferradio und verkündete die Nachrichten vom Tage: Eintracht Frankfurt hatte schon wieder verloren.

„Da muss jemand verdammt wütend gewesen sein", kommentierte Kommissar Blau, während er Foto um Foto von der Leiche schoss. Es war offensichtlich, dass ihn die Bekanntheit des Opfers und die Skurrilität der Situation beeindruckten.

Hauptkommissar Zipfel nahm es gelassen. Für ihn war ein Fall ein Fall, und wenn dieser anders war, dann nur in der Hinsicht, dass ein prominentes Opfer in der Regel mehr Arbeit machte. Zipfel sah sich um. Das Villengrundstück konnte man nur als Park bezeichnen: ein aufwendig gestaltetes Stück Privatsphäre, verborgen hinter hohen Mauern, Zäunen und Hecken. Er schätzte die Grundfläche auf fast einen Hektar, unterteilt in einen großen Rasen und üppige Blumenbeete. In der Nähe des Hauses lag ein nierenförmiger Pool mit verschiedenen Badezonen. Aber diese Luxuslandschaft hatte deutlich gelitten, und die Übeltäter waren immer noch am Werk. Eine kleine Herde wohlgenährter Schafe trollte über das Gelände, und da kein Zaun die Tiere daran hinderte, standen sie zwischen den Rosen, tranken aus dem Schwimmbecken und sonnten sich auf der Terrasse. Dass sie tatsächlich hierher gehörten und sich nicht nur verirrt hatten, bewies der Stallcontainer, der am unteren Ende des Parks, mitten auf der Wiese stand.

Zipfel fragte sich, wie diese Edelschafe wohl gegrillt schmecken würden.

„Ich kenne den Galhard aus dem Fernsehen", sagte Blau. „Vor zwei Jahren gab es viele, die ihn am liebsten tot gesehen hätten. Erst hat er die HypoIdeal mit Kreditgeschäften an die Wand gefahren und dann, als sein Schiff am Sinken war ... was war das damals? Normalerweise hält man in solchen Kreisen doch zusammen – sagt man jedenfalls so –, aber Galhard hatte wohl gerade zum falschen Zeitpunkt sein Gewissen entdeckt und legte die ganzen Missstände offen. Vom Vorstand über den Aufsichtsrat, die Bankenaufsicht, bis rauf in die Politik schwappte damals die Rücktrittswelle. Vielleicht ist das hier die verspätete Rache. Vielleicht war es ein Ex-Aufsichtsrat im Garten mit dem Baseballschläger?"

Blau war ein passionierter Cluedo-Spieler und trug seine Verdächtigungen gern in entsprechender Form vor. Zipfel hatte den Verdacht, sein Kollege hoffte, mit dieser Macke irgendwann berühmt zu werden. Nur dumm, dass er dazu auch noch kriminalistischen Spürsinn – wenigstens einen Hauch davon – gebraucht hätte.

„Unwahrscheinlich", sagte Zipfel. „Wozu die Mühe? Die Bank wurde gerettet und die Zurückgetretenen sind, wie man so hört, weich gefallen."

„Aber was dann? Hm ... die Verkleidung könnte auf ein Verbrechen aus Leidenschaft hindeuten."

Blau nun wieder. Zipfel verdrehte die Augen. Wenigstens dachte er beim Anblick von Schafen nur ans Essen.

„All das Spekulieren führt zu nichts. Lass uns erst mal die Zeugen befragen."

Zwei Männer eines Bestattungsunternehmens warteten schon darauf, die Leiche in die Gerichtsmedizin zu transportieren. Zipfel gab ihnen ein Zeichen, dann gingen er und Blau hinüber zur Terrasse, wo Klara Galhard, die Frau des Toten und Hugo Böhm, der einzige direkte Nachbar, warteten. Böhm, ein fetter Kahlkopf, stand mit verschränkten Armen und finsterer Miene einige Meter abseits von Frau Galhard, der der Schock über den Tod ihres Mannes ins Gesicht geschrieben stand. Es war offensichtlich, dass die beiden sich nicht leiden konnten.

„Hatte ihr Mann Feinde, von denen wir wissen sollten?", fragte Blau sofort in Tatort-Manier.

„Dieter wollte doch nur friedlich mit seinen Schafen leben", schluchzte Klara Galhard, deren überpflegte Gesichtszüge, aufwendige Frisur und Schmucklast so gar nicht zu der Erscheinung ihres Mannes passten. „Nach dem Desaster in seiner Bank vor ein paar Jahren war er völlig ausgebrannt und hat nur noch Frieden gesucht. Er wollte wie ein einfacher Schäfer leben, aber dieser Querulant hier hat ihn ständig bedroht." Anklagend deutete sie auf Böhm.

Böhms Gesichtsfarbe changierte ins Scharlachrot. Er schnappte aufgebracht nach Luft. „Querulant? Wir leben hier in einem Villenviertel meine liebe Frau Galhard, und ihr Mann – also man soll ja nicht schlecht über Tote sprechen – aber ihr Mann, dieser Ökoterrorist, der hätte eigentlich in die geschlossene Anstalt gehört."

Frau Galhard schossen Zornestränen in die Augen. „Böhm ..."

Zipfel unterbrach sie, indem er sich an den Nachbarn wandte: „Herr Böhm, achten Sie auf ihre Wortwahl!"

„Ja, schon gut ...", brummte Böhm, weiter kam er nicht, denn in diesem Moment drängte sich ein feister weißer Bock in die kleine Gruppe, schubste den überraschten Zipfel ein Stück zur Seite und begann an Blaus Hosentasche zu knabbern.

„Aus!", fauchte Blau, als hätte er es mit einem Hund zu tun und versuchte den Kopf des Tieres von sich wegzudrücken. Der Bock störte sich nicht daran; er schien etwas Schmackhaftes zu wittern.

„Das ist Henrik, der Leitbock", erklärte Frau Galhard. „Ein preisgekröntes Zuchtschaf aus Neuseeland. Er war Dieters Liebling." Sie musterte das Tier mit unverhohlener Abneigung. „Wochen hat er mit dem Versuch zugebracht, Henrik zu dressieren."

Mit einem Ratschen riss Blaus Hose auf. Henrik stopfte sofort seine Nase in die geweitete Tasche und wühlte darin herum. „Verdammtes Mistvieh!", fluchte Blau. Henrik schien gefunden zu haben, was er gesucht hatte, denn er zog seinen Kopf zurück und trabte zufrieden kauend davon.

„Hatten Sie ihr Pausenbrot in der Tasche?", fragte Zipfel betont gelassen und zu Frau Galhard gewandt sagte er: „Das mit der Dressur scheint ja nicht gut geklappt zu haben."

Sie nickte. „Ja. Henrik hat als Lamm nur einen einzigen Trick gelernt, dann war sein Kopf offenbar voll."

„Welchen Trick?", fragte Zipfel.

„Dieter musste dreimal Pfeifen, dann kam Henrik angerannt und ist an ihm hochgesprungen."

Blau, der den Schaden an seiner Hose begutachtet hatte, hob den Kopf, und die Kommissare sahen sich an.

„Das macht er aber doch wohl jetzt nicht mehr, oder?", fragte Zipfel. „Ich meine, der Bock bringt doch bestimmt achtzig oder hundert Kilo auf die Waage."

„Mal sehen", sagte Böhm forsch, steckte zwei Finger zwischen die Lippen und ehe Zipfel ihn davon abhalten konnte, ließ er in schneller Folge drei Pfiffe hören.

Der Effekt war verblüffend. Henrik, der Leitbock, erstarrte, seine dummen Knopfaugen wirkten wie hypnotisiert. Dann kam Bewegung in das Tier. Henrik spurtete los, lief einen weiten Halbkreis, drehte suchend den Kopf und entdeckte schließlich seinen Herrn, der gerade in eine Sargbahre gelegt worden war. Sofort änderte der Hammel seinen Lauf und galoppierte auf den Toten zu.

„Halten sie das Tier auf!", brüllte Zipfel in Richtung der Bestatter, er ahnte, was kommen würde.

Doch vergeblich. Henrik preschte einfach zwischen den beiden eingeschüchterten Männern hindurch und warf sich blökend auf die Bahre.

Frau Galhard schrie, als die Leiche ihres Mannes auf die Wiese rollte und Henrik, der sich gleich wieder aufgerappelt hatte, über den Toten hinwegsprang und flüchtete. Frau Galhard war ganz weiß im Gesicht. Blau stützte sie, damit sie nicht zusammensackte.

„Ach du Scheiße", sagte Böhm, offenbar schockiert über die Folgen seines Handelns. „Es tut mir leid. Oh Gott, wenn ich das geahnt hätte ..."

Kommissar Zipfel sah zu Henrik herüber, der sich nach seiner sportlichen Höchstleistung erst einmal einen kleinen Grasimbiss in der Nähe eines der Rosenbeete gönnte. „Damit haben wir wohl unseren Hauptverdächtigen. Henrik könnte auf Herrn Galhard gesprungen sein, als dieser gerade dabei war, den Trog zu reinigen. Ich schätze, die Autopsie wird das bestätigen."

„Dieses dämliche Schaf hat meinen Mann auf dem Gewissen?", heulte Frau Galhard und ihr Blick in Richtung des Bocks ließ nichts Gutes für dessen Zukunft ahnen.

Blau schüttelte nachdenklich den Kopf. „Aber jemand muss doch gepfiffen haben", sagte er. „Die Frage ist nur, ob im Bewusstsein der Folgen oder nicht."

„Haben Sie im betreffenden Zeitraum Pfiffe gehört?", fragte Zipfel und sah erst Böhm und dann Frau Galhard an.

„Nein", antwortete Böhm kleinlaut. „Ich habe nichts Ungewöhnliches mitbekommen."

„Nein", sagte auch Frau Galhard.

In das folgende Schweigen hinein klangen drei elektronisch verzerrte Töne. Die Anwesenden fuhren herum und starrten auf das Kofferradio, aus dem der Moderator verkündete: „Es ist wieder so weit, meine Damen und Herren, der Jackpot ist noch nicht geknackt, und wenn sie wissen, wo der hr3-Sendewagen steht und in blauer Spitzenunterwäsche ..."

Der Rest ging im aufgeregten Blöken von Henrik, dem Leitbock, unter, der in Richtung Leichenwagen sprintete.

Letzter Hammelsprung
Von Udo Sponagel

„Einer von uns beiden stinkt, ich bin es nicht", knurrte Roland Profalla in Richtung von Ferdinand Koch und rümpfte angewidert die Nase. Der Assistent des Oberkommissars beeilte sich darauf, devot zu versichern, dass er zwar immer einsatzbereit, aber gerade bei seiner Schafherde gewesen sei. Um keine Zeit zu verlieren, habe er seine Arbeitskleidung nicht gewechselt und sei geradewegs zum Tatort gekommen. Verstohlen suchte er dabei einige Schafskötteln von seinen Stiefeln herunterzustreifen. Das aber bemerkte der uniformierte Polizist Rüdiger Raabe und regte sich lauthals auf, auch ein Ziviler, ein Kriminalkommissar, dürfe nicht wie die Axt im Wald Spuren am Tatort verstreuen, und schon gar nicht Schafskötteln.

Betreten schaute Koch auf ein Nest von kleinen Kügelchen am Boden, das da vor sich hinmüffelte und in Gefahr geriet, achtlos zertreten zu werden. Profalla schüttelte angesichts dieses Dilettantismus' sein in Ehren ergrautes Haupt und bedeutete Koch, er solle schnellstmöglich Kleidung und Schuhwerk wechseln, um dann wieder am Ort seiner geruchsvollen Hinterlassenschaft zu erscheinen. Raabe hieß dann hämisch grinsend das Stubenmädchen Lara, die geruchsintensiven corpi delicti zu beseitigen. Eilfertig erledigte sie das im Schnelldurchgang mit Handbesen und Schaufel..

Koch verschwand und Profalla kniff die Augen zusammen. Er betrachtete erneut die an allen vier Bettpfosten gefesselte Leiche. Nackt war sie und Striemen auf der Haut kündeten von einer Strafaktion. Das Opfer war Profalla gut bekannt und sprichwörtlich unter die Knute geraten, jene neunschwänzige Katze, die eigentümlicher und natürlich zufälliger Weise Lieferant eines Teil des Namens war: Der Tote hieß Katzenzahl, Edmund Katzenzahl, und war Ehrenvorsitzender der NDF, der Nationalen Demokratischen Front, einer Partei, die sich als Nachfolger der NSDAP verstand und immer hart am Rand der Legalität agierte.

Auch der Hotelbesitzer Rainer Schlips, der den Toten in einem der Gästezimmer vorgefunden hatte, gehörte der NDF an und suchte nun nicht in den Gesichtskreis von Profalla zu geraten. Schlips wusste genau, dass der Oberkommissar ihn für braunes Geschmeiß hielt. Deshalb zuckte er unwillkürlich zusammen, als der Gesetzeshüter in scharfem Ton fragte: „Wer hat Katzenzahl gefunden?" Zaghaft wie ein Erstklässler meldete sich Schlips mit dem Zeigefinger, er schien so eingeschüchtert, dass er erst einmal kein Wort herausbrachte.

Wie ein Schaf zur Schlachtbank folgte er dem Oberkommissar in ein Nebenzimmer, wo die Polizei schnell einen Vernehmungsraum eingerichtet hatte. Ein Tisch und zwei gegenüberstehende Stühle war neben dem Bild Adolf Hitlers, das an einer sonst kahlen Wand hing, einziges Inventar. Schnell wollte Schlips das Bild abnehmen, doch Profalla bedeutete ihm, es hängen zu lassen. „Der sollte wirklich hängen", knurrte er und bedeutete dem Hotelier sich zu setzen. Kleinlaut ließ sich Schlips nieder. „Nun erzählen Sie mal, was sich hier zugetragen hat und lassen Sie nichts aus, sonst wird es bitter für Sie", erläuterte Profalla die Ausgangslage.

„Wir, ddddas heißt die Sektion Odenwald der Partei, hahahatte zum internen Treffen eingggggeladen", begann Schlips stockend, um dann nach einigen Minuten wie ein sprudelnder Quell zu plaudern. Demnach hatten sich die Rechtsradikalen eingefunden, um ihre Strategie für die bevorstehenden Kommunalwahlen abzusprechen. Hier ein Aufmarsch, dort ein bisschen Randale, ein paar Aktionen gegen eingebürgerte Ausländer, das war ihre ganze Weisheit. Und nebenbei – so der Braune grinsend – soff die Schar sich gegenseitig unter den Tisch und hatte in den Einzelzimmern ihren Spaß mit ein paar Prostituierten einer so genannten Begleitagentur. „Da sind wir seit einiger Zeit Kunde und recht zufrieden", lachte Schlips sich in den Stuhl räkelnd, „der Edmund hatte es besonders gern mit Peitsche und gefesselt."

„So, so", murmelte Profalla in sich hinein, „das hatte der gern." Dann verlangte er von Schlips die Gästeliste, die dieser nun – nachdem er vermeintlich ungeschoren geblieben war – eilfertig brachte. Inzwischen war auch Ferdinand Koch, duftend wie ein frisch gebadetes Baby, wieder an Ort und Stelle. Er musste nun dafür Sorge tragen, dass der Leichnam in die Gerichtsmedizin nach Darmstadt transportiert wurde. Der Odenwald verfügte nicht über ein solches Institut und bei dem Verdacht eines Gewaltverbrechens war eine Obduktion unabdingbar vorgeschrieben. Als einer der Kriminalexperten die Fessel der linken Hand öffnete, fiel der Blick auf die Achselhöhle. Dort war trotz deutlicher Abschabversuche eine Tätowierung erkennbar. Zunächst konnte er sich darauf keinen Reim machen und er ließ Schlips kommen, um ihn danach zu fragen. „Ach das", erklärte der unter sich blickend, „das war mal seine Kennung."

„Was für eine Kennung?'", hakte der Kriminaler nach.

„Na, Sie sind mir vielleicht einer", höhnte Schlips trotzig, „wohl eins von den achtundsechziger Weicheiern, was?" Irritiert zog der Experte die Augenbrauen hoch. „Wissen Sie nicht, dass Katzenzahl SS-Sturmbannführer war? Die Tätowierung war bei der Sturmstaffel vorgeschrieben." Und zackig schlug Schlips die Hacken zusammen, um mit dem deutschen Gruß Abschied von dem Gestorbenen zu nehmen. Das langte dem Kriminaler dann endgültig.

„Der Mann ist in vorläufigen Gewahrsam zu nehmen", ordnete er nun seinerseits ebenso zackig an, „wegen Fluchtgefahr."

Leicht bekleidet saß Lilly vor dem Hobbyschäfer Koch. Sie hatte über ihren Arbeitsdress in Leder lediglich einen Bademantel geworfen und schaute nun kokett ihr Dekollete frei lassend ihr Gegenüber an.

„Sie waren mit Katzenzahl zusammen", hüstelte Koch etwas verlegen, „und haben ihn gepeitscht."

Lilly lächelte, nickte und holte sich eine Zigarette aus einem Silberetui. Unwillig herrschte Koch sie darauf an, dass er Zigarettenqualm nicht ausstehen könne, worauf sie ihre Schultern gleichgültig zuckte, die Zigarette wieder verstaute und ihm anvertraute: „Wissen Sie, ich mag Schafsgeruch nicht. Mein Lämmchen."

„Das tut hier nichts zur Sache", bellte Koch nun, „ich halte fest, dass Sie Katzenzahl gepeinigt haben."

„Ja, das habe ich und er war dabei sehr lebendig", lächelte sie und schlug gespielt schüchtern ihren Blick auf den Boden.

„Das langt vorerst", resignierte Koch und bedeutete ihr mit einer unwilligen Geste, dass sie einstweilen entlassen war.

Derweil war Oberkommissar Profalla auf der Gästeliste auf einen Namen gestoßen, der nicht so recht in die rechte Ecke passte: Heimatforscherin Erna Kluge stand da zu lesen. Der Kriminalbeamte erkundigte sich, ob Frau Kluge noch im Haus sei. Sie war es. Wenige Minuten später saß sie dem Ermittler gegenüber. Eine ältere, gutmütig ausschauende Frau, die nicht so recht wusste, ob sie die Hände hinter oder vor ihre auf dem Schoß deponierte Handtasche legen sollte.

„Frau Kluge", hob Profalla nun besänftigend an, „meine Fragen sind reine Routineangelegenheit."

„Ich weiß", versicherte die Angesprochene, „aber ich glaube ich kann zur Klärung beitragen."

„Wieso?" Der Recherchierende schien verdutzt.

„Ja, wissen Sie, ich war nicht zufällig hier. Ich wurde bedroht von denen da."

Verächtlich wies sie mit dem Kopf auf Schlips, der dienernd hereingekommen war, um frische Getränke auf den Tisch zu stellen. Nach getaner Arbeit suchte er schnell das Weite, weil er nicht wieder vernommen werden wollte. Und schon gar nicht zu einem solchen Vorwurf.

„Ich verstehe nicht", sagte Profalla während er der Heimatforscherin Wasser ins Glas goss.

„Im Dritten Reich", erklärte Erna Kluge, „sind in unserem Ort einer Frau von unbescholtenen Bürgern die Haare wie einem Schaf abgeschoren worden, weil sie sich mit einem Kriegsgefangenen eingelassen hatte. Dann hat man sie durchs Dorf gejagt. Sie war schwanger."

„Und was hat das mit unserem Fall zu tun?", erkundigte sich Profalla stirnrunzelnd.

„Nun", erklärte Kluge lächelnd, „ich wollte hier dem Geschmeiß entgegen treten, weil es mich über Telefon terrorisiert. Ein für allemal. Ich will die Geschichte nämlich veröffentlichen. Aber da scheint mir jemand zuvor gekommen zu sein."

„Sprechen Sie nicht in Rätseln gute Frau, Was hat der Tod von Katzenzahl mit der Angelegenheit im Krieg zu tun?"

Die Heimatforscherin lächelte nun nicht mehr. "Katzenzahl befahl die Schur und die Hetzjagd durch den Ort", stieß sie hervor. Dann schilderte sie den Vorfall in Einzelheiten. Nach einer so langen Zeit immer noch erschüttert.

Profalla schwieg betroffen. Aber er konnte immer noch nicht erfassen, was das mit Katzenzahls Tod zu tun haben könnte. Dann aber war er plötzlich hellwach.

„Lilly ist die Enkelin," schluchzte Kluge nun, „die Familie hat nie wieder Boden unter die Füße bekommen."

Handschellen klickten nun zur Abwechslung einmal um Lillys Handgelenke. Sie war umfassend geständig. Das, was geschehen war, löste nicht den Hauch von Reue bei ihr aus. Gerade sollte sie abgeführt werden, da hastete Koch in den Verhörraum und wedelte mit einem Papier.

„Der Befund der Gerichtsmediziner", schnaufte er, „ausnahmsweise mal schneller, als die Polizei erlaubt."

„Und?" Profalla schob die Augenbrauen in die Stirn.

„Eindeutig Herzversagen ohne Fremdeinwirkung", strahlte Koch. „Die Verdächtige muss frei gelassen werden."

Tödliches Osterlamm
Von J.K. Brandon

„Müssen wir wirklich zu dieser Feier?", fragte Michaela mit flehendem Unterton.

„Ja, mein Schatz", antwortete Timo. „So ist die Tradition." Timo schlüpfte in seine Schuhe und rückte die Krawatte im Spiegel zurecht. „Nun komm schon!"

Widerwillig folgte Michaela ihrem Freund. Das mulmige Gefühl in ihrer Bauchgegend nahm zu. Michaela wusste, wie sehr Timos Mutter sie hasste. Eine Friseurin war in ihren Augen keine richtige Partnerin für einen angehenden Chefarzt. Aber Timo hatte Michaela damit beruhigt, dass seine Mutter immer unzufrieden sei und eigentlich an jedem Familienmitglied etwas auszusetzen habe, genauso wie sich auch die anderen untereinander nicht mochten. Deshalb war die Stimmung bei diesen Familienfeiern am Ostersonntag ungefähr so, als würde man Präsident Bush mit dem iranischen Präsidenten Mahmud Ahmadinedschad an einen Tisch setzen und dazu zwingen, auf Freundschaft zu trinken.

Die Villa der Steinbachs lag auf einer leichten Anhöhe und war an diesem Abend hell beleuchtet. Timo parkte den Wagen auf dem gepflasterten Vorplatz. Zwischen den Jaguars und Mercedes' wirkte der Mazda 6, den Timo sich gekauft hatte, nahezu schäbig.

Sie stiegen aus dem Wagen und gingen die Treppen zur Villa hinauf. Das Hausmädchen öffnete ihnen, nahm die Jacken ab und führte die beiden in den Speisesaal.

Timos Mutter kam auf sie zu, begrüßte ihren Sohn und bedachte Michaela mit einem gezwungenen Lächeln. Es folgten ein schier endloses Händeschütteln und Wangenküssen unter den Verwandten. Nur ein Platz an der reichlich gedeckten Tafel blieb dieses Jahr leer. Timos Großvater fehlte, denn er war vor einer Woche an einem Leberversagen verstorben. Michaela hatte den alten Mann gemocht. Er war so ziemlich der Einzige, außer Timo natürlich, der sie gemocht und ihr auch unter vier Augen gebeichtet hatte, dass er gute alte Handwerksarbeit schätzte und Michaela die Richtige für seinen Enkel sei.

In einer Woche fand die Testamentseröffnung statt, was auch vielleicht ein Grund dafür war, dass in diesem Jahr sogar Verwandte aus Amerika und Australien zu diesem Fest angereist waren, in der Hoffnung, etwas von Großvaters Erbe abzubekommen. Und von Timo wusste Michaela, dass Großvater, der nach dem Krieg eine kleine Firma gekauft und aufgebaut hatte, ein großes Vermögen besessen und sich immer geweigert hatte, es vor seinem Tod unter den Geiern aufzuteilen.

Nachdem die Förmlichkeiten erledigt waren, setzte man sich an den Tisch. Frau und Herr Steinbach jeweils an einem Ende der Tafel, dazwischen die Verwandten nach Rang und Grad aufgeteilt. Michaela betrachtete die silbernen Platten, auf denen tranchiertes Lammfleisch angerichtet war, daneben Porzellanschüsseln mit Gemüse, Kartoffeln, Salate.

„Ich hasse Lamm", flüsterte sie Timo zu.

Er nickte, zwinkerte ihr zu. „Ich doch auch, dass weißt du doch", hauchte er ihr ins Ohr.

Herr Steinbach erhob sich, hielt seine alljährliche Osteransprache, lobte seinen Vater in höchsten Tönen, begrüßte alle angereisten Familienmitglieder noch einmal und bedankte sich für die traditionell mitgebrachten Speisen und Weine.

Während des Essens gönnte sich Michaela nur etwas Gemüse, Brot und Wasser und Timo folgte ihrem Beispiel.

Der restliche Abend verlief angespannt. Einige der Verwandten entschuldigten sich unter verschiedensten Vorwänden. So mancher wirkte auf Michaela seltsam blas.

Sie selbst gönnte sich der Höflichkeit halber noch einen Kaffee und plauderte mit Timos Schwester Ingrid, die in Sydney an der Oper sang.

Gegen elf Uhr abends verließen sie das Haus der Steinbachs und fuhren nach Hause, um dem Abend in trauter Zweisamkeit noch einen Sinn zu geben.

Am nächsten Morgen erwachte Michaela durch lautes Klopfen. Es dauerte einen Moment, bis sie begriff, dass die Geräusche von ihrer Wohnungstür kamen. Timo schlief neben ihr und bekam vom Klopfen nichts mit.

Michaela stand auf, schlurfte im Morgenmantel zur Tür. Als sie öffnete, blickte sie in ein fleischiges Gesicht, aus dem ihr zwei schwarze Knopfaugen entgegen starrten.

Der untersetzte Mann nuschelte etwas, das nach guten Morgen klang und kratzte sich nachdenklich an seiner kahlen Stelle am Hinterkopf.

„Kriminalkommissar Seehof, mein Name. Wohnt hier ein Timo Steinbach?", fragte er schließlich.

Michaela nickte. „Er schläft." Doch das entsprach nicht ganz der Wahrheit, denn Timo stand plötzlich hinter ihr und fragte, was los sei.

„Herr Steinbach, ... wo waren Sie gestern Abend zwischen ... acht und zwölf Uhr?"

„Bei meinen Eltern, zum Essen. Weshalb fragen Sie?"

„Darf ich reinkommen?"

„Natürlich", kam Michaela ihrem Freund zu vor. Sie bot dem Kommissar einen Kaffee an, den er dankend ablehnte.

„Bitte setzen Sie sich. Was ich jetzt sage, dürfte sie möglicherweise treffen", sagte der Kommissar.

Michaela nahm neben Timo Platz, tastete unbewusst nach seiner Hand.

„Ihre Eltern wurden heute Morgen von einem Zimmermädchen tot aufgefunden, ... vergiftet."

Michaela starrte den Mann an. Vergiftet, dachte sie schockiert. Zwar hatte sie Timos Eltern gehasst, aber sie deshalb gleich umbringen? Ein Blick in Timos Gesicht genügte, um zu sehen, was er in diesem Moment empfand. Sie drückte seine Hand.

„Es kommt noch schlimmer." Kommissar Berghof atmete tief. „In der gestrigen Nacht, sind noch weitere Mitglieder ihrer Familie in Folge einer Vergiftung gestorben."

„Welche Art von Gift?", fragte Michaela.

„Nun ... die Autopsie ist noch nicht abgeschlossen, aber ersten Informationen zufolge handelt es sich um den Wirkstoff Amanitin, enthalten in Giftpilzen und bereits in kleinen Mengen tödlich." Seehof räusperte sich. „Also, haben Sie mir irgendetwas zu sagen?"

Michaela schaute zu Timo, dessen starrer Blick, einzementiert in einem bleichen Gesicht, auf den Kommissar gerichtet war. „Sie ... Sie beschuldigen uns beide?"

Der Mann zuckte mit den Schultern. „Sie sind die Einzigen, außer dem Personal, die den vergangenen Abend überlebt haben." Er zog einen Notizblock aus der Tasche. „Informationen zufolge ist ihr Großvater letzte Woche verstorben und es kommt diese Woche zur Testamentsöffnung durch den Notar, ... Herr Steinbach. Damit haben Sie ein Motiv." Seehof lächelte überlegen.

Michael schaute erneut zu ihrem Freund. Hatte Timo tatsächlich seine gesamte Familie vergiftet?

Kommissar Seehof zog ein Handy aus der Tasche, wählte eine Nummer und blickte dabei zum Fenster. „Ihr könnt hochkommen", sagte er. Dann stand er auf, schaute Michaela und Timo an. „Ich muss Sie beide vorläufig mit dem Verdacht auf Fluchtgefahr festnehmen."

Michaela wusste nicht, wie lange sie alleine in der sterilen Zelle gesessen und die Wand angestarrt hatte, als plötzlich die Tür aufging und ein Wachbeamter zusammen mit Kommissar Seehof erschien.

„Frau Dorn, Sie sind frei", sagte der Kommissar. Er wagte es nicht, Michaela dabei in die Augen zu schauen.

„Wer war es?"

„Später. Bitte folgen Sie mir."

Seehof führte Michaela in einen spartanisch möblierten Raum, der normalerweise für Verhöre verwendet wurde. Timo wartete bereits mit einem Anwalt, dem Notar der Familie und einer jungen Frau, die Michaela als Hausmädchen wieder erkannte.

Michaela setzte sich mit dem Kommissar an den Tisch.

„Der Mord in achtzehn Fällen ist geklärt", sagte Kommissar Seehof. „Herr Timo Steinbach und Frau Michaela Dorn sind unschuldig." Er strich über seine schweißnasse Stirn. „Es war der Plan Ihres Großvaters, Hubert Steinbach."

„Mein Großvater ist tot", sagte Timo.

„Das mag sein", antwortete der Kommissar. „Aber ... ihr Großvater hatte es geplant, als Rache für zahlreiche gescheiterte Mordversuche seitens der Familie an seiner Person. Das Leberversagen, durch das er letztendlich starb, war keines natürlichen Ursprungs." Seehof deutete auf den Notar, dieser nickte.

„Ich bin Dr. Burger, der Notar Ihres Großvaters. Vor seinem Tod übergab er mir einen verschlossenen Brief, in dem er gesteht, Fräulein Doris Roth, seinem persönlichen Hausmädchen, ein Fläschchen Amanitin übergeben zu haben. Frau Roth wusste nicht, dass es sich dabei um ein Gift handelte." Er blickte zu der jungen Frau am Tisch. „Frau Roth erfüllte den Wunsch Ihres Großvaters, den Geiern das Osterlamm zu verderben."

„Er wollte uns alle umbringen", sagte Michaela.

„Nein, nicht alle. Er hat die Ehrlichkeit seines Enkelsohnes Timo Steinbach immer geschätzt und seinem Brief zufolge, hoffte er darauf, dass sowohl Timo Steinbach als auch Sie, Frau Dorn, Ihrer Abneigung zu Lammfleisch treu bleiben würden." Dr. Burger rückte seine Brille zurecht. „Und er hat Sie als Alleinerbe im Testament genannt, Herr Steinbach, vorausgesetzt Sie folgen Ihrem Herzen und heiraten eine Friseurin."

Mord mit Anlauf
Von Ewa Rossberg

„Na, was ist? Wenn ich eines Morgens tot auf der Weide läge - was würdet ihr dann tun?"

Siggi? Tot? Auf der Weide? Kriemhild war der Schreck in die Glieder gefahren. Steifbeinig stand sie in der Sonne, die soeben gezupften Kräuter hingen ihr ungekaut aus dem Maul. Auch die anderen Schafe hatten aufgehört zu grasen und glotzten verstört ihren Schäfer an, der sich der Länge nach ins Gras geworfen hatte und alle Viere von sich streckte.

„Hör auf, die kapieren eh nix," lachte die Langbeinige, die er mitgebracht hatte, während sie an einem glimmenden Stängel sog und die Luft verpestete. Kriemhild hasste diesen Geruch, der sich über die Weide zog und ihr in die Nase biss. Die Mutterschafe zogen eilig ihre Lämmer beiseite, von denen bereits einige niesten. Kriemhild schnaubte voll Abscheu ein Rauchfädchen von sich. Eines Tages würden sie noch alle Scrapie davon kriegen ...

„Mit dem Tod scherzt man nicht," blökte ein alter Hammel den Schäfer an, der noch immer reglos am Boden lag. Die Herde fiel zustimmend ein. Siggi (der schönste Schäfer der Welt, wie Kriemhild fand) sprang auf und lachte sie mit blitzenden Zähnen an.

„Okay, okay. Ich geb's auf. Ihr seid halt nur Odenwald-Schafe."

Nur Odenwald-Schafe ... Hatte er das wirklich gesagt?

Kriemhild traute ihren Ohren nicht, aber sie wusste, dass sie sich nicht verhört hatte. Hagen, der Leitwidder, senkte den Kopf, bereit, die Herausforderung anzunehmen.

Nur Odenwald-Schafe. Nur ... War auch sie damit gemeint?

Kriemhild war von Geburt an Siggis Lieblingsschaf gewesen. Nicht, dass er sie beknabbert hätte, aber als sie noch klein war, fand er stets liebreiche Worte für sie. Später hatte er sie sogar Prinzessin genannt. Das war auch der Grund, weshalb Kriemhild keinen Widder an sich heran ließ. Der wilde Hagen versuchte es immer wieder, aber sie hatte gelernt, kräftig auszukeilen und notfalls auch ihren Kopf zu gebrauchen - und da Hagen alles in allem eher konfliktscheu war, gelang es ihr stets, ihn in die Flucht zu schlagen. Doch jetzt nannte Siggi eine Zweibeinige ‚Prinzessin'. Wusste er, was er ihr - Kriemhild - damit antat?

„Das ist unsere eiserne Jungfrau," hatte er lachend seiner neuen Freundin erklärt, als die sich wunderte, dass Kriemhild als einziges

Schaf lammlos geblieben war, „das kommt schon noch in die Gänge."

Er konnte nicht wissen, dass Kriemhild sich nichts auf der Welt so sehr wünschte wie ein eigenes Lamm - und es war gut, dass selbst er mit seinem großen Menschenhirn unter der blonden Lockenpracht nicht ahnte, auf wen ihre Sehnsucht sich richtete. Kriemhild trabte zum Unterstand und drängte sich in die hinterste Ecke. Sie musste nachdenken. Nur Odenwald-Schafe. Nur ...

Auf das Nur war Siggi bestimmt nicht von alleine gekommen, so viel war klar. Dahinter steckte die Langbeinige. Die hatte ihn aufgehetzt. Seit die sich von Siggi beknabbern ließ, hatte die Herde nichts mehr zu melden. Er vernachlässigte sogar die Arbeit, um Zeit für seine neue Freundin zu schinden. Kriemhild hasste das Langbein so sehr, dass ihr Kopf davon brummte.

„Deine Idee mit der Nibelungenherde war ja ganz gut und schön," hatte die Freundin dem arglosen Siggi erklärt, „aber seit die Touristen auf Glennkill abfahren, erwarten sie von den Schafen etwas Besonderes. Du musst ihnen Kunststücke beibringen."

Kunststücke! Wäre sie kein Schaf, sondern ein Löwe, hätte Kriemhild das Schandmaul auf der Stelle in Stücke gerissen. Siggi war immer so stolz auf seine Schafe gewesen, auch ohne Kunststücke. „Klein, aber mein," hatte er gelacht, als der alte Siegfried ihm seine Herde vermachte. Neue Namen hatte er ihnen gegeben. Besondere Namen. Namen aus der uralten Odenwald-Sage.

„Damit die Touristen nicht vergessen, wo sie hier sind," hatte er gesagt und ihnen beigebracht, den Kopf zu heben, wenn die Leute am Weidezaun standen und Kriemhild, Erda, Brünnhilde, Hagen, Mime, Fafner, Alberich oder Waldvogel riefen ... Sollte das von Jetzt auf Gleich nicht mehr reichen? Sprachen die Touristen noch nicht genug von dem Brunnen, an dem Siggis Namensvetter einen gefährlichen Drachen erlegt hatte?

„Töte sie!", hatte Kriemhild ihm zugeblökt. „Die Langbeinige ist ein Drache! Die bringt nichts als Unheil!"

Doch Siggi war mit seiner Liebsten lachend im Unterstand verschwunden, wo Kriemhild sie aus der Ferne poltern hörte. Als sie sich dann auf leisen Hufen näher wagte, wäre ihr beinahe das Herz stehen geblieben. Siggi (der schönste Schäfer der Welt) war dabei, mit der Langbeinigen das Wir-machen-ein-Lamm-Spiel zu treiben. Wie ein Widder hatte er geschnaubt, und die Langbeinige hatte geblökt, und danach hatten sie sich ein unerhörtes Versprechen gegeben. Eine Pension wollten sie aufmachen, ‚Zur Schafsnase' sollte sie heißen, und ihre Spezialität sollten die Schafe werden. Doch bevor die auf den Tellern der Gäste landeten, sollten sie auf der Weide noch Kunststücke vorführen. Kriemhild erschauerte.

War das noch ihr Siggi? Und was meinte die Langbeinige mit dem Wort ‚Markenzeichen'? Warum wollten sie sich mit der Pension eine ‚goldene Nase' verdienen? Konnte man damit besser riechen? Und wieso wollte Siggi die Schäferei ‚an den Nagel' hängen?

„Das muss verhindert werden!", hatte Kriemhild der Herde klar zu machen versucht, doch die Reaktion war niederschmetternd gewesen. Sogar die Widder hatten sich als Bedenkenträger erwiesen. „Eine Pension verhindern? Wie denn?"

„Denkt doch mal nach!" Kriemhild geriet in Rage. Nicht die Pension, die Langbeinige musste verhindert werden! Ohne die würde es eine Pension gar nicht erst geben - und Siggi (der schönste Schäfer der Welt) würde ihnen erhalten bleiben.

„Verhindern? Eine Langbeinige? Aber das geht doch gar nicht!", hatten die Schafe geblökt.

„Und ob das geht!", hatte Kriemhild geschnaubt, "aber wenn ihr zu feige seid - bitte sehr! Ich kann das auch ohne euch."

„Selbst ist das Schaf," hatte die Mutter ihr bereits beigebracht, als Kriemhild noch an den Zitzen hing, "was immer geschieht - warte nicht, bis einer kommt und dir hilft. Hilf dir selbst."

Und genau das hatte sie vor.

Durch diese hohle Gasse muss sie kommen, dachte Kriemhild. Kurz vor Mitternacht hatte sie Posten bezogen, am Rand eines geheimen Waldpfads. Er führte direkt zum Unterstand, den die Langbeinige den Schafen mit ihren Mach-mir-ein-Lamm-Spielen so gründlich verleidet hatte. Doch damit würde nun ein für alle Mal Schluss sein. Bebend vor Spannung beäugte Kriemhild aus ihrem Versteck die Felsnase gegenüber. Der Vollmond tauchte das Gestein in silbriges Licht und beleuchtete auch den Hut, der mitten auf dem Weg lag. Siggis Hut, den er bei seiner blödsinnigen Toter-Mann-Einlage auf der Weide vergessen hatte. Die Langbeinige würde sich garantiert danach bücken. Gleich musste sie auftauchen. Dies war ihre Zeit. Die Stunde, zu der sie sich nachts zum Unterstand schlich, zu Siggi. Kriemhild verspürte ein Kribbeln. Bloß jetzt nicht niesen.

Noch einmal fixierte sie ihren Angriffswinkel. Menschen müssen sich sowas ausrechnen, Schafe haben es in den Genen. Fast hätte Kriemhild laut aufgeblökt, denn jetzt trabte die Zweibeinige um die

Wegbiegung. Sie sah den Hut. Stutzte. Bückte sich. Hob ihn auf. Wollte sich aufrichten.

In diesem Moment schoss Kriemhild aus ihrem Versteck hervor. Mit einem gewaltigen Satz, den Schädel gesenkt wie ein Widder, sprang sie Siggis ‚Prinzessin' an und rammte sie gegen die Felswand. Was für ein hässliches Geräusch, durchzuckte es Kriemhild, als der hübsche Kopf hart auf die Steine knallte.

Die knabbert nicht mehr an Siggi. Erfüllt von Genugtuung beschnupperte Kriemhild den blutigen Abdruck am Fels. Sie hatte ganze Arbeit geleistet. Zartmäulig zog sie den Hut aus der Hand der Toten. Zum Glück klebte kein Blut daran. Gut so. Den Hut ihres Schäfers im Maul, trabte Kriemhild frohen Herzens zur Weide. Von wegen Odenwald-Schafe. Nur …

Das Trojanische Schaf
von Fabian Voehl

„Das ist schön, dass Sie es noch geschafft haben, Herr Henning!"
Die Frau war etwa um die sechzig, sah noch sehr gut aus für ihr Alter, wie Henning fand, und reichte ihm nun die Hand. Er schlug ein.
„Um ein Haar wäre ich zu spät gekommen", sagte er, „und hätte mich nicht mehr von Ihnen verabschieden können. Der ganze Ring ist gesperrt. Sie suchen irgendeinen Bankräuber."
„Na, da bin ich aber froh, dass Sie hier sind. Möchten Sie einen Tee? Einen Darjeeling, First Flush. Habe ich extra für Sie verwahrt. Ich weiß doch, wie sehr Sie und der Kommissar ihn mögen!"
Sie verschwand kurz in Ihrer Teeküche, während sich Henning umsah. Er mochte dieses altmodische Geschäft, diese Mischung aus Tee- und Krimskramsladen und Galerie. Als die Frau wieder herauskam, war inzwischen auch der zweite Gast eingetroffen. Kommissar Aaronen, pensioniert seit fünf Jahren.
„Die ganze Stadt ist ein Irrenhaus!", schimpfte Aaronen. „Überall steht Polizei und leitet den Verkehr um."
„Wurde denn auch jemand verletzt? Ich meine, bei diesem Banküberfall?", erkundigte sich die Frau, nachdem sie auch Aaronen seinen Tee kredenzt hatte.
„In den Nachrichten haben sie durchgegeben, dass alles ohne Blutvergießen gelaufen sein soll. Der Bankräuber hat den Kassenraum betreten und seine Geldforderung mit einer Pistole unterstrichen", wusste der Kommissar zu berichten. „Hunderttausend. Damit lässt sich eine ganze Weile schön leben."
Nachdem sie darüber debattiert hatten, was jeder von ihnen mit hunderttausend Euro anfangen würde, wandten sie sich dem eigentlichen Anlass ihrer kleinen Abschiedsfeier zu.
„Auf Sie, auf Ihre Zukunft!", sprach der Kommissar den Toast aus.
„Und auf ... das Schaf. Ja, wie heißt es überhaupt eigentlich?"
Die Frau zuckte die Schultern. „Es hat keinen Namen. Es heißt einfach nur das Schaf. Und dabei wird es auch bleiben, wenn es nun seinen Ruhestand genießen wird."
Das Schaf bestand aus Holz und Wolle. Seit es das Geschäft gab, stand es davor. Es war zu einer Art Markenzeichen geworden.
„Was haben Sie mit dem Schaf vor?"
„Vielleicht habe ich noch einen Platz im Keller, und wenn es sich benimmt, kommt es im Sommer vielleicht an die frische Luft und es darf in meinem Garten grasen. Aber trennen werde ich mich ganz

bestimmt nicht von ihm! Möchten Sie noch einen Tee, Herr Kommissar?"

Aaronen nickte, und die Frau schenkte ihm nach. Draußen raste ein Polizeiwagen vorbei.

„Der Trubel dort draußen erinnert mich daran, wie wir uns kennen gelernt haben, Elvira", sagte Henning. „Damals glaubte ich tatsächlich, Sie hätten mich beraubt! Ich glaubte felsenfest dran, dass Sie es waren, die eines Morgens maskiert und bewaffnet vor mir in der Apotheke gestanden hat."

Der Kommissar winkte ab. „Ich weiß, Sie glaubten, die Täterin an ihren rosa Schuhen erkannt zu haben und kamen daher auf unsere liebe Elvira ..."

„Ich liebe nun mal meine rosa Schuhe!", sagte die Frau.

„Glaub mir, Elvira, es ist mir heute noch peinlich. Ich hätte vorher mit Ihnen reden sollen. Stattdessen habe ich Ihnen die Polizei auf den Hals geschickt ..."

„Ich erinnere mich, als wäre es heute. Sie haben erst den ganzen Laden umgekrempelt, und als sie hier nichts fanden, auch noch meine Wohnung."

„Und das alles wegen dieses ... dieses ... wie hieß dieses Zeug noch?", fragte der Kommissar.

„Antitussiva", sagte die Frau. Sie klang plötzlich nachdenklich. „Es war ein bestimmtes hustenstillendes Mittel, das Yoshi benötigte. Yoshi war ein Leonberger, der an einer Kehlkopflähmung erkrankt war, und der beste Freund eines achtjährigen, krebskranken Jungen. Die achtköpfige kurdische Familie war von Abschiebung bedroht und hatte alles andere, aber kein Geld. Ich habe die Kosten für die Operation übernommen, aber die Folgekosten für die Medikamente waren ja auch noch zu berücksichtigen ..."

„Also haben Sie ...?"

„Jawohl. Die Antitussiva haben für ein ganzes Jahr gereicht, danach starb Yoshi eines ganz natürlichen Hundetodes – er wurde von einem Wagen überfahren."

Eine geschlagene Minute herrschte Stille. Dann entfuhr dem Kommissar ein: „Donnerwetter!"

Endlich fand auch der Apotheker seine Sprache wieder. „Ich bin damals mit dem Polizeiwagen gleich mit hierher gefahren – weil ich doch felsenfest überzeugt war, Sie an den rosa Schuhen erkannt zu haben. Sie hatten gerade erst das Geschäft aufgeschlossen und waren hineingegangen, als wir kamen. Die Polizei hat den ganzen Laden auf den Kopf gestellt ..."

„Weil ich es Ihnen erlaubt habe", lächelte Elvira.

„Sie haben nichts gefunden. Also dachte ich – genau wie die Polizei und alle anderen - , Sie wären unschuldig. Wo haben Sie die Antitussiva also versteckt?"

„Moment noch!", schaltete sich der Kommissar ein. „Diese Geschichte erinnert mich an den Fall, bei dem wir uns kennen lernten, meine Liebste. Wissen Sie noch, dieser Juwelier?"

„Juwelier?", entfuhr es der Frau verächtlich. „Dieser Sörenson war der übelste Halsabschneider, den ich kenne. Besuchte regelmäßig die Seniorenheime, schleimte sich bei den alten Damen ein und schwatzte ihnen ihren Schmuck ab. In diesem Fall hatte er eine alte Dame besucht, die eine Stunde später das Zeitliche segnete. Ihre Tochter vermisste später ein wertvolles Collier. Es war die einzige Erinnerung an ihre Mutter. Wie sich herausstellte, war es inzwischen in Sörensons Besitz übergegangen. Angeblich hatte die alte Dame es ihm für eine lächerliche Summe kurz vor ihrem Tode verkauft ..."

„Dann stand eines Tages eine vermummte Frau in seinem Laden", fuhr der Kommissar fort. „Sie verlangte mit vorgehaltener Waffe nicht nur dieses eine Collier, sondern auch ein paar weitere wertvolle Schmuckstücke."

„Strafe muss sein!", versetzte die Frau.

„Sörenson glaubte, Sie erkannt zu haben – an Ihren rosa Schuhen. Er kaufte regelmäßig seinen Tee hier. Nachdem Sie seinen Laden verlassen hatten, rief er sofort die Polizei an. Als diese hier eintraf, wurden Sie noch gesehen, wie Sie die Ladentür aufschlossen. Sie wurden festgenommen, die ganzen Räume – auch Ihre Wohnung im Obergeschoss – wurden durchsucht. Der Schmuck tauchte nie wieder auf. Sie wurden noch am gleichen Tag wieder frei gelassen."

Die Frau schenkte ihm noch Tee nach. „Ja, und dann sind Sie gekommen und haben sich entschuldigt. Es war der Beginn einer langen Freundschaft."

Diesmal herrschte einige Minuten lang Schweigen. Nur die tönerne Teekanne gab ab und zu ein Knacken von sich. Schließlich fragte der Kommissar: „Sagen Sie, Elvira, gab es noch mehr solcher – Fälle? Haben Sie es noch öfters getan?"

Die Frau nickte. „Immer dann, wenn ich das Gefühl hatte, jemand habe ein Unrecht begangen oder – wie in Yoshis Fall – es die Kluft zwischen Arm und Reich auf direkte Weise zu überbrücken galt. Und glauben Sie mir, meine Freunde, ich war nicht immer so dumm und habe meine rosa Schuhe getragen."

„Aber wo haben Sie damals die Antitussiva versteckt?", wollte der Apotheker wissen.

„Und den Schmuck?"

„Versprechen Sie mir, dass Sie es nicht verraten werden?"
Die beiden nickten eifrig.
„Kennen Sie die Geschichte vom Trojanischen Pferd?"
Die beiden Herren schauten Sie verwirrt an. „Jeder kennt diese Sage", erwiderte schließlich der Kommissar. „Was hat sie mit unserer Frage zu tun?"
„Das Trojanische Pferd war innen hohl – genau wie das Schaf. Irgendwie ist nie jemand darauf gekommen, wenn ich die Beute darin versteckt hatte."
„Die Antitussiva ...?"
„Die Juwelen ...?"
„Alles!", gestand die Frau.
Draußen vor der Tür hielt ein Polizeiwagen. Vier Uniformierte sprangen heraus.
„Ich fürchte, ich muss heute noch früher schließen, als ich es ohnehin vor hatte", fuhr sie fort. „Macht nichts, es ist sowieso der letzte Tag, morgen wird meine Nachfolgerin das Geschäft übernehmen. Wenn Sie mir nur einen Gefallen tun können: Würden Sie solange auf das Schaf aufpassen? Bei Ihnen beiden ist es sicher gut aufgehoben."
Der Kommissar und der Apotheker sahen Sie entgeistert an. „Sie wollen nicht andeuten, dass Sie es sind, deretwegen man dort draußen diesen Zirkus aufführt?"
„Doch, ich habe die Bank überfallen. Ich habe festgestellt, dass ich mein ganzes Leben nur immer an andere gedacht habe. Leider habe ich nichts fürs Alter zurücklegen können."
In diesem Moment stürmten die Polizisten in den Laden hinein.
„Sind Sie Frau Elvira Habenichts?", fragte einer der Uniformierten.
Die Frau nickte. „Wollen Sie mich jetzt festnehmen?"
„Wir müssen Sie bitten, mit aufs Revier zu kommen." Sein misstrauischer Blick fiel auf die beiden Herren. „Und wer sind Sie?"
„Henning. Ich trinke nur gerade meinen Tee aus, dann bin ich verschwunden.
„Aaronen. Hauptkommissar a.D. Frau Habenichts ist eine gute Freundin von mir. Ich bitte Sie, sie entsprechend zu behandeln." Und an die Frau gewandt: „Machen Sie es gut, Elvira. Ich bin sicher, dass es sich nur um einen bedauernswerten Irrtum handelt!"
Die beiden Herren verabschiedeten sich, gingen hinaus, leinten das hölzerne Schaf ab und trugen es einträchtig die Straße hinab.

Das erste Mal
Von Andreas Klink

Ein dumpfes, entferntes Grollen rief Lars aus dem Schlaf. Langsam näherte sich das zu einem Dröhnen heranwachsende fremde Geräusch und der Boden begann merklich zu beben. Lars hielt seine Augen fest geschlossen und obwohl ihm bereits der Schweiß auf der Stirn stand, rollte er sich noch enger auf seinem Lager ein. Er bemerkte, wie sich um ihn herum Unruhe ausbreitete. Vorsichtig wagte er ein Auge gerade soweit zu öffnen, um einen Blick riskieren zu können. Er sah seine Freunde schon auf den Beinen, wie sie erschreckt versuchten, die Ursache des fremden Geräusches auszumachen.

„Wach auf Lars!" Sein Freund Bennet lief aufgeregt auf ihn zu.

„Was ist denn los?", stammelte Lars gespielt verschlafen.

„Hier stimmt etwas nicht. Die anderen sind auch schon alle auf den Beinen." Bennet hopste vor Lars auf und ab. „Wir müssen hier raus. Schnell!"

Bennets Schwester Finja kauerte hinter ihm und blinzelte ängstlich zur Decke, wo der Staub von den Balken zu rieseln begann.

„Ich habe Angst", wisperte sie kaum hörbar.

Im Nebenraum hörten sie die anderen bereits deutlich auf eine Panik zusteuernd immer aufgeregter rufen und trampeln. Lars war froh, nicht dort drüben zu sein. Zu dritt hatten sie ihren eigenen kleinen Raum für sich, der durch eine große hölzerne, mit schweren Scharnieren beschlagene Schiebetür von der Halle getrennt wurde. So nannten sie den anderen Raum, der im Gegensatz zu ihrem gewaltige Ausmaße hatte.

„Wo willst du denn hin, Bennet?", fragte Lars. „Doch nicht etwa in die Halle zu den Anderen?"

Es wäre natürlich keinem der drei möglich gewesen, die schwere Schiebetür zu öffnen, um in die Halle zu den anderen zu gelangen. Nicht einmal mit vereinten Kräften hätten sie es geschafft; sie hatten das bereits einige Male probiert. Als Finja jedoch vor ein oder zwei Wochen beim Spielen einer Motte hinterher gejagt war, hatte sie ein loses Brett in der hölzernen Wand zur großen Halle entdeckt. Es ließ sich sehr leicht zur Seite schieben; war doch der Nagel, der sein unteres Ende am Balken fixieren sollte, abgerissen. Alle drei hatten bereits einen Blick in die Halle riskiert. Sie hatten auch die anderen gesehen und festgestellt, dass sie genauso aussahen wie sie, nur viel größer. Von Zeit zu Zeit allerdings hörten sie Fremde in einer unverständlichen Sprache sprechen. Jedes Mal, bevor die drei die Fremden hörten, begannen die anderen in der Halle nervös und unruhig zu werden. Diesmal war es aber schlimmer und die drei sollten nicht ahnen, was auch sie heute noch erwarten würde.

„Doch, lass uns in die Halle zu den anderen gehen, dort sind wir bestimmt in Sicherheit", flehte Bennet.

„Wir kennen aber doch niemanden dort", gab Lars ernüchternd zurück.

Bennet war bereits beim Durchlass in der Holzwand. „Nun komm schon, Lars", schrie Bennet die bereits im Rhythmus des bedrohlichen Geräusches schwingenden Wände anstarrend. „Wir haben keine Zeit mehr."

Und mit einemmal erstarrten alle drei gleichzeitig und warfen sich nur aus dem Augenwinkel gegenseitig ängstliche Blicke zu. Das Geräusch war verstummt. Das Dröhnen war verschwunden, der Boden und die Wände standen wieder still. Lars kam es fast so vor, als wäre alles noch stiller als sonst. Es war als ob die Welt um sie, ihr kleiner Raum und die Halle nebenan, versteinert wären.

Nach einer Sekunde, die jedoch eine Ewigkeit andauerte, brach nebenan ein Getöse los, wie Lars, Bennet und Finja es noch nicht erlebt hatten.

Irgendwann während der versteinerten Sekunde musste Bennet durch den Spalt in die Halle geschlüpft sein. Lars erblickte nur noch Finja, die hin und her gerissen in der Ecke vor dem Durchlass in der Wand stand. Sie warf Lars einen flehenden Blick zu, der ihn unmissverständlich zum Mitkommen aufforderte. Lars blieb unschlüssig auf seinem Lager liegen. Konnte er sich doch nicht vorstellen, bei dem Tumult dort drüben in der Halle sicherer zu sein als hier in ihrem Raum.

Von der anderen Seite rief Bennet: „Finja, Lars kommt endlich, schnell!"

Lars' und Finjas Blicke trafen sich in der Mitte des Raumes und als sich Lars immer noch nicht von seinem Lager erhob, folgte Finja ihrem Bruder durch den Spalt.

Plötzlich hörte er sie: die fremden Stimmen waren wieder da. Mit einem Satz sprang Lars auf.

„Finja, Bennet!", rief er, so laut er konnte. Auf einmal wurde das Getöse von nebenan deutlich leiser. „Finja, Bennet, seid ihr in Ordnung?", rief Lars erneut, doch er erhielt keine Antwort von der anderen Seite.

Schließlich fasste er all seinen Mut zusammen und schlich zum Spalt in der Ecke. Sehr vorsichtig schob er das lose Brett beiseite und versuchte einen Blick in die Halle zu erheischen. Und was er sah ließ ihm fast das Blut in den Adern gefrieren. Die Halle war fast leer geräumt. Er sah nur noch ein paar der anderen auf der gegenüberliegenden Seite durch eine Art Zaun stolpern, der aus einem glänzenden Material bestand. Von Bennet und Finja jedoch keine Spur. Hinter den letzten der anderen liefen zwei der Fremden und trieben sie aus der Halle. Lars wusste, wenn er jetzt durch den Spalt schlüpfte, sähen ihn die Fremden und trieben ihn mit Sicherheit auch durch den Zaun aus der Halle.

Was ging hier vor sich? Lars stand da und beobachtete die Szene verzweifelt. Angestrengt versuchte er eine Möglichkeit zu finden, Bennet, Finja und den anderen zu helfen. Er hatte keinen Zweifel, dass sie Hilfe brauchten, denn so etwas war noch nie passiert.

Als keiner der Fremden mehr zu sehen war und die Halle leer, zwängte sich Lars leise durch den engen Durchlass in der Holzwand und sprintete, so schnell ihn seine kurzen Beine trugen, auf die gegenüberliegende Seite des gewaltigen Raumes. Das Herz schlug ihm bis zum Hals, als er sich fest an die Wand presste und vorsichtig zur Öffnung blickte, durch die alle hinaus getrieben worden waren. Noch immer war dort niemand zu sehen. Von draußen hörte er die Rufe seiner Artgenossen; dort mussten auch seine Freunde sein.

Leise schlich er die Wand entlang auf die gewaltige Öffnung zu. Ohne Vorwarnung kam einer der Fremden in die Halle zurück. Mit einem Sprung, wie er ihn noch nie gemacht hatte, rettete sich Lars hinter ein Bündel Stroh in Deckung. Er hielt den Atem an und versuchte zu erkennen was der Fremde wollte. Der ging zielstrebig auf die Tür zu ihrem kleinen Raum zu.

Was wollen die von uns?, dachte Lars und beobachtete ihn wie er die Tür öffnete. Als dieser den Raum leer vorfand, machte er sofort kehrt und lief aus der Halle.

Also suchen sie auch nach uns! Er konnte sich nicht vorstellen, wer diese Fremden waren und was sie von ihnen wollten. Eng auf den Boden gedrückt verlies Lars seine Deckung und robbte weiter auf die Öffnung zu. Es kam ihm wie eine Ewigkeit vor bis er sie schließlich erreichte. Von draußen wehte eine Staubwolke durch die gigantische Öffnung in die Halle. Lars nahm all seinen Mut zusammen und wagte einen Blick ins Freie. Was er dort sah, machte ihm noch mehr Angst. Es war eine gewaltige Kiste auf Rädern. Eine Rampe führte ins Innere dieses Dings. Er sah wie all die anderen auf diese Rampe zugetrieben wurden. Da entdeckte er Finja mitten im Gedränge.

„Finja", rief Lars, so laut er nur konnte. Sie konnte ihn nicht hören bei all dem Getöse um sie herum. Er musste ihr helfen, und wo war Bennet? Hoffentlich war ihm nichts passiert.

Einer der Fremden musste Lars Rufen gehört haben. Er drehte sich um und blickte ihm genau in die Augen. Lars erstarrte für einen Moment, rannte dann aber los. Er sprintete direkt auf Finja zu, die ihn nun auch bemerkt hatte.

„Lars, pass auf!", hörte er sie panisch rufen.

Und dann geschah alles wie in Zeitlupe. Ein Fremder schnitt Lars den Weg ab. Lars versuchte auszuweichen, spürte aber schon den festen Griff an seinem Bein. Lars fiel der Länge nach in den Staub und spürte das Gewicht des Fremden auf ihm lasten. Der Fremde hob in ihn hoch und trug ihn zu einer kleinen Tür neben der Rampe. Finja tobte nun auf der Rampe und versuchte sich Platz zu verschaffen. Das bemerkte der Fremde, der Lars auf dem Arm trug. Er rief einen seiner Leute zu sich, der auf ein Handzeichen hin Finja aus der Menge der anderen hob und ebenfalls zu der kleinen Tür brachte. Lars und Finja warfen sich ängstliche Blicke zu. Beide zitterten vor Angst.

Da hörten sie die Stimme von Bennet, der rief: „Finja, Lars, es ist in Ordnung. Es ist überhaupt nicht schlimm. Sie tun uns nichts!"

Er rannte aufgeregt auf die beiden zu. Hinter ihm stolperte einer der Fremden her und versuchte ihn wieder zu fassen zu bekommen. Was ihm auch gelang, als Bennet bei den beiden an der kleinen Tür angelangt war. Nun auch auf dem Arm eines Fremden, erzählte er außer Atem von seinem Erlebnis in dem Ding.

„Die schneiden uns nur die langen Haare ab und danach ist es schön kühl und wir dürfen wieder raus. Mit den anderen machen sie es genauso."

Erst jetzt fiel es Lars auf, Bennet sah irgendwie komisch aus, so ohne sein weißes, weiches Fell.

Das schwarze Schaf
Von Stefanie Busch

„Und?"

Der Angesprochene zuckte mit den Schultern, schüttelte leicht den Kopf und schickte ein aufforderndes Nicken zurück, woraufhin der Erste meinte:

„184."

Der Zweite blickte auf das kleine Stück Papier in seinen Händen, bewegte den Bleistift nochmals an den Zahlreihen entlang und bestätigte:

„Es ist, wie es ist!"

Die beiden Männer waren schon älter. Sie saßen etwas erhöht auf einer den ganzen Tag in der Sonne liegenden Holzbank, in der die Liebesschwüre von mindestens vier Generationen eingeschnitzt waren, mit freiem Blick auf die Heide. Seit langer Zeit schon verbrachten sie einen Großteil ihrer Nächte mit dem Zählen von Schäfchen. Seit ein paar Wochen aber auch ihre Dienstage sowie Donnerstage. Denn dann war die Herde da. Sie schauten ob der Esel mitlief und Louise sowie Annabelle als Hütehunde im Einsatz waren und sie zählten die hellen, die braunen, die seltenen gescheckten und vergaßen auch niemals die schwarzen Schafe. Franz, der Schäfer, gesellte sich manchmal zu ihnen. Oft versanken die drei in zufriedenem Schweigen, wie es nur unter zufriedenen Männern möglich ist, oft diskutierten sie aber über aktuelle Themen und natürlich über Schafe.

„Warum fragen wir eigentlich nicht einfach Franz?", grübelte Eckart.

„Vielleicht weiß er es gar nicht", antwortete Anton. „Und ob es gut ist, ihn zu beunruhigen? Er fürchtet sich doch gerade schon so vor der Blauzungenkrankheit."

Beide verfielen wieder ins Schweigen, dachten über das nach, was ihnen seit drei Wochen aufgefallen war: seit alle Lämmer gefallen waren, bewegten sich exakt 184 Schafe wiederkäuend über die Heidelandschaft. Zumindest bis vor drei Wochen. Und zumindest an Dienstagen. Denn donnerstags waren es mittlerweile nur noch 183 Schafe. Ein schwarzes Schaf fehlte seit drei Wochen an den Donnerstagen.

„Geht es dir eigentlich gerade gut?", fragte Eckart.

„Wie meinst du das?", antwortete Anton.

„Franz ist unser Freund."

„Stimmt."

Die beiden sahen sich an.

„Und Freunden muss man helfen, nicht wahr, Anton?"

„So war das schon immer, Eckart. Wir lassen keinen Freund im Stich!"

Nach einer längeren Pause begann Anton das Gespräch: „Weißt du, was ich denke?"

„Ja, und deshalb sollten wir lieber doch nicht mit Franz reden und unseren Verdacht bestätigen."

Denn die Beiden waren schon lange davon überzeugt, dass hinter den hohen Zäunen mit Stacheldraht längst nicht alles so war, wie ihnen Presse, Gemeinderat und Unternehmensbroschüren einreden wollten.

„Testfeld zur Erprobung neu entwickelter Medikamente zur Behandlung von Seuchenerkrankungen bei Wiederkäuern. Pfff..."

„Pfff..."

Der Plan stand fest. Sie würden diese Nacht und je nachdem auch die nächste Nacht in der Nähe des Schafstalles, der etwas abseits vom Ort und Franz' Hof lag, verbringen und alle Geschehnisse beobachten, dokumentieren oder eingreifen.

So trafen sie sich bei einbrechender Dunkelheit, gut ausgerüstet.

„Wie siehst du denn aus?", fragte Eckart seinen langjährigen Freund an diesem Abend.

„Korrekt natürlich – man kann ja nie wissen, was passiert. Meinst du, ich möchte im Live-Interview schlampig wirken?"

Eckart schüttelte den Kopf, dann marschierten beide los und suchten einen passenden Beobachtungsplatz. Das Wachbleiben bereitete ihnen keinerlei Probleme, nur selten unterhielten sie sich flüsternd – dennoch blieb die Nacht dunkel und ruhig, so dass sie sich am Morgen wieder zurück zogen und nun sicher wussten, dass sie sich für die nächste Nacht vorbereiten mussten.

Und tatsächlich, sie hatten noch nicht lange ihren Posten eingenommen, als ein Motorengeräusch verriet, dass sich ein Fahrzeug näherte. Um genau zu sein, ein Fahrzeug mit einem kleinen Anhänger, in der Art, wie üblicherweise Schafe oder Ziegen transportiert werden. Wie zwei erprobte Agenten rutschten sie eng zusammen und registrierten jede Einzelheit, die am Schafstall passierte.

Das Auto wendete und fuhr mit dem Hänger rückwärts an den Pferch, ein junger Mann stieg aus, öffnete den Hänger, betrat den Pferch, dann den Stall. Man bemerkte eine gewisse Unruhe unter den Schafen, kurze Zeit später kam der Dieb mit einem Schaf, dem er ein

Seil um den Hals gelegt hatte, damit er es führen konnte, zurück. Mit einem schwarzen Schaf!

Eckart und Anton war klar, dass der Zugriff erfolgen musste, sobald sich das Schaf im Hänger befand. Beweismittel! Aber bevor der Mann sich wieder an das Steuer seines Fahrzeuges setzte. Sie näherten sich von der abgewandten Seite.

Kurze Zeit später läutete es Sturm an Franz' Haustür. Unten standen, zu seiner Verwunderung, seine Freunde von der Holzbank und riefen enthusiastisch:

„Wir haben ihn!"

Keine Minute später eilte Franz zu seinem Schafstall und fand dort ein Fahrzeug mit Anhänger, an dem ein Mann mit einer Krawatte festgebunden stand und einen sauberen weiß-blau karierten Baumwolltaschentuch als Knebel im Mund hatte.

„Seid ihr wahnsinnig? Das ist Herr Kleingärtner, der technische Direktor vom Stadttheater, der wollte wie jeden Mittwoch Rübchen, den Star aus ‚Das schwarze Schaf', für die Spätvorstellung abholen. Ihr bringt die Aufführung zum Platzen!"

Lanolin
Von Antje Herden

Das Schaf wusste um die Wahrheit. Aber es senkte den Kopf und trottete davon.

„Warum sagt man, Schafe seien feige und dämlich?"

Ich betrachtete die kleine, junge Frau, die neben mir an der Koppel stand. Trotz des herben Zugs um den Mund, strahlte sie etwas Weiches aus. Es kroch einem aus ihren großen Augen direkt ins Herz.

„Sagt man das?"

Ihre Stimme klang hell und wie von weit her. Sie zog fröstelnd die Schultern hoch und wandte sich zum Gehen, stemmte den zarten Körper in der dicken Jacke gegen den kalten Wind.

Das hier war der erste Fall, den man mir übertragen hatte. Mir war unklar, warum Oberkommissar Linde daran festhielt, dass es sich um Mord handeln müsse. Herzversagen, hatte es im Totenschein geheißen. Ausgestellt vom Arzt der Kreisstadt. Neun Zeugen hatten beinahe identisch den plötzlichen Zusammenbruch am zweiten Weihnachtsfeiertag zu Protokoll gegeben.

Wir liefen den Hangweg zum Hof zurück, vorbei an den Tieren, die uns stumm hinterher schauten.

Es hatte blaue Augen. Das hatte sie damals gesehen, als das alte Mutterschaf ihr zart das Brot von der Handfläche zog. Es war nicht sofort an den Zaun gelaufen gekommen, gierte nicht, wie die anderen. Und blieb auch, als die Tüte leer war. Es hatte hinter dem Draht gestanden, der die schmerzenden Stromstöße verteilte. Hatte sie angeschaut, minutenlang. Und verstanden.

Drei Jahre waren vergangen, seit sie dem Mann, dessen Namen sie nun trug, ins Dorf gefolgt war. Sie arbeitete auf dem Hof, wie er es von ihr erwartete, ihr mit knappen Anweisungen gebot. Als hätte er die Worte in der Stadt zurückgelassen, dort, wo sie einst verwundert seine großen Hände auf ihrer weißen Haut betrachtet hatte; wo sie von seinem Duft aufgefangen wurde, als wäre dieser das Zuhause, nach dem sie sich so sehr sehnte. Dass er sein Versprechen nicht halten würde, hatte sie dann schnell gemerkt, hier, auf dem Hof, umgeben vom Geruch der Viehzucht.

Nächtelang hatte sie um Gnade gefleht, stumm, unter ihm liegend, der roh und verbissen in sie stieß. Doch erst seit der Arzt ihr bescheinigt hatte, dass sie niemals schwanger werden würde, fasste der Mann sie nicht mehr an. Die Verachtung in seinen Augen spürte sie im Unterleib brennen. Als die Nachbarin ein Jahr später ein Kind zur

Welt brachte, hatte sie den Eindruck, es sähe ihm ähnlich. Trotzdem passte sie manchmal auf den Kleinen auf.

Jeden Tag lief sie zur Weide. Das Mutterschaf mit den blauen Augen erwartete sie am Zaun. Zeriss für kostbare Minuten die unerwartete Pein, die sie durch den Mann erfuhr.

Irgendwann hatte sie begonnen, die ausgerissenen Wollbüschel abzuzupfen, die vom verbotenen Stacheldraht gefangen im Wind wehten. Achtlos erst, dann mit Bedacht. Sie nahm sie mit nach Hause. Dort füllten sie über die Monate einen großen Korb: warm, zottig, herb duftend.

Im zweiten Jahr weinte sie nicht mehr, wenn sie die Todgeburten in die große Tonne warf und auch das Blöken der suchenden Mütter zerrte nicht mehr an ihr. Dem Wagen, der die Milchlämmer abholte, schaute sie nicht nach. Sie hatte sich an die Schmerzen im Rücken gewöhnt. Die Innenflächen ihrer Hände waren verhornt.

Sie hörte auf zu sprechen. Wartete und wusste nicht worauf. Manchmal befürchtete sie, der Gang zur Weide, die wissenden, blauen Augen des Muttertieres könnten eines Tages nicht mehr genügen. Darum hatte sie ihre Studien wieder aufgenommen. Nach der Arbeit, mit müden Gliedern. Der Mann hatte nur den Kopf geschüttelt. Niemals hätte er verstanden.

Im Spätsommer des dritten Jahres verlangte sie mit fester Stimme, dass er auch die älteren Muttertiere scheren lassen müsse, besonders das Blauäugige litt unter der Last der schweren, verfilzten Wolle. Die wurde nicht verkauft, war Abfall und das Scheren kostete Geld. Sie war auf taube Ohren gestoßen, als sie ihm einst vorschlug, einen Internetverkauf von pflanzengefärbter, kardierter Biowolle zu starten.

„Eine Schur haben die sich nicht verdient," knurrte er nur.

Es hatte im Frühjahr drei Todgeburten gegeben, zudem wurden vier der Lämmer von ihren Müttern nicht gesäugt und waren verendet.

„Die sind jetzt wieder trächtig. Wir warten die Lämmer noch ab. Dann kommen die Alten zum Schlachter."

Fünf Monate. Ihr blieben fünf Monate Zeit. Verzweiflung hatte nach ihr gegriffen.

Drei Tage später gelang ihr etwas, das ihr in einem anderen Leben Ruhm und Anerkennung eingebracht hätte. Und plötzlich lag da eine Lösung vor ihr. Sie bestellte ein Bestimmungsbuch der heimischen Wald- und Wiesenflora und unternahm ausgedehnte Spaziergänge an den Waldkanten entlang.

Sie wagte endlich, auf ein eigenes Zimmer zu bestehen und wenn er es hin und wieder uneingeladen betrat, belächelte er das Spinnrad, die verschiedenen Fläschchen, die Tiegel und die Pflanzensträußchen, die an einer Schnur aufgehängt über dem Kamin trockneten.

„Du entwickelst dich wohl zur Kräuterhexe?" Oder was soll dieser ganze Zurück-zur-Natur-Mist," höhnte er, wenn sie nun die Abende damit verbrachte, die gesammelten Wollbüschel durch ihre behandschuhten Finger laufen zu lassen, sie zu einem schweren Faden zu verspinnen, in den sie eigentümlich duftendes Wollfett knetete. Den gestrickten Pullover schenkte sie ihm zu Weihnachten. Er gefiel ihm nicht, doch er trug ihn am zweiten Weihnachtsfeiertag, um sie unter dem lauten Hallo seiner geladenen Freunde zu beschämen, grobe Menschen, wie auch er einer war. Sie ertrug mit ausdruckslosem Gesicht die grölende Häme der Betrunkenen. Alle waren sie gekommen, fraßen und soffen und versuchten, nach ihren Brüsten zu fassen. Der Mann lachte mit rotem Kopf. Es gefiel ihm, dass die anderen sie begehrten.

Sie legte einen Buchenscheit nach, dann noch einen, blickte in die prasselnden Flammen des offenen Kamins. Aus den Augenwinkeln beobachtete sie, wie er sich den Schweiß von der Stirn wischte, sah die dunklen Flecken unter den Achseln. Und lächelte versonnen.

Ich saß im Auto und dachte nach.

Da war etwas gewesen, etwas Unbestimmtes, ein Geruch, die schnelle Bewegung mit der die kleine Frau das Buch mit den keltischen Zeichen zuschlug, das zaghafte Lächeln, auf meine Feststellung hin, dass ich mich auch für Runen interessiere.

Im Wegfahren hatte ich sie im Rückspiegel beobachtet und plötzlich ein Straffen ihrer Schultern wahrgenommen. Es schien, als würde sie ein paar Zentimeter wachsen. Und da ahnte ich, dass ich die Wahrheit nicht wissen wollen würde.

Je kürzer die Tage geworden waren, desto tiefer hatte sie sich verloren in den Geschichten der alten, nordischen Völker, war geflüchtet in die Geheimnisse ihrer Zeichen. Still und allein hatte sie sich an der Entschlüsselung einer alten Runenschrift erfreut, deren Abbild ihr eine Studienkollegin einst aus Schottland mitgebracht hatte. Eingemeißelt in einen Grabstein, diente die nicht der erwarteten Erinnerung eines Menschen, sondern beschrieb die Ursache dessen plötzlichen Todes.

Sie hatte nicht gewusst, ob sie hier äquivalente Pflanzen finden würde und bezweifelt, dass der Mond tatsächlich eine große Rolle spielte. Aber der Wille und die Hoffnung, das alte Schaf zu retten, hatten sie getrieben.

Die Idee, den giftigen Pflanzensud in das Wollfett zu kneten, war ihr gekommen, als sie Trost suchend in die blauen Augen schaute, die sie aus dem undurchdringlichen, schmutzig verfilzten Fell heraus anschauten. Die Ärmelabschlüsse und der Kragen des Pullovers hatten sich beinahe nass angefühlt. Bei einer Temperatur von 40 Grad war das Fett geschmolzen und samt seiner tödlichen Beimischung von der trockenen Haut des Mannes aufgenommen worden. Das es so schnell gehen würde, hatte sie nicht erwartet.

Bääh – Bääh – Banküberfall
Von Martina Rose

Bolle war nicht von hier. Aber das machte nichts, denn für uns Schafe ist es immer interessant, wenn jemand aus einer anderen Herde oder einer anderen Gegend kommt. Da es nur eine internationale Schafsprache und wenig Dialekte gibt, haben wir auch keine Verständigungsprobleme. Aber viel wichtiger ist, dass uns alle eine große gemeinsame Leidenschaft verbindet, der wir die meiste Zeit des Tages widmen: das Grasen und Weiden. Noch nie ist mir ein Schaf begegnet, das daran keinen Gefallen gefunden hätte. Im Sommer gibt es immer viel zu tun, wir grasen von Sonnenauf- bis Untergang. Dagegen wird es im Winter oft ein bisschen langweilig, weil uns im Stall die Beschäftigung fehlt. Gerne vertreiben wir uns dann die Zeit mit Geschichten und am liebsten solchen aus der großen weiten Welt.

Bolle konnte gut erzählen und wir lauschten gebannt, wenn er von seinen Erlebnissen berichtete. Wenn er sprach, waren die meisten Schafe ganz still und nur ab und an wurden die besonders spannenden Stellen mit einem ungläubigen „möööh!" oder seitens der Lämmer einem erschrockenen „bäääh!" kommentiert. Am liebsten sprach Bolle von Norddeich, wo er als Jungschaf aufgewachsen war und so manches Abenteuer erlebt hatte.

„Mööööh, das könnt ihr euch gar nicht vorstellen: Da steht man auf dem Deich, in der einen Richtung Gras so weit das Auge reicht und auf der anderen Seite das Meer – Wasser bis zum Horizont!"

„Ich habe schon mal an einem großen See geweidet", unterbrach ihn Flöckchen, die sich gerne wichtig machte.

„Möööh, kein Vergleich", behauptete Bolle, „das Meer ist viel größer und ständig in Bewegung. Es gibt dort riesige Wellen und manchmal kann man sogar Schiffe sehen! Dann sind da die Wolken, die in einem atemberaubenden Tempo vorüber ziehen und die Luft schmeckt ganz salzig ...", erzählte er mit verträumter Stimme.

Schon bald gerieten auch wir ins Träumen, wie es wohl wäre, am Meer zu sein und auf dem Deich zu grasen. Und nachdem wir ein paar Tage lang und ausgiebig davon geschwärmt hatten, hatten wir den Plan gefasst, eine Reise an die Nordsee zu unternehmen. Wir würden so lange laufen, bis wir das Meer sehen konnten. Dann würden wir am Wasser stehen, den Wind in unserem Fell spielen lassen und die salzige Luft riechen.

Schnuckel war ein besonders geschicktes Schaf und hatte schon vor langer Zeit herausgefunden, wie sich die Stalltür öffnen ließ. Als wir unseren Entschluss gefasst hatten, warteten wir, bis es richtig dunkel geworden war und Schnuckel uns seinen Trick vorführen konnte, ohne dabei ertappt zu werden. Nach ein paar Versuchen gelang es ihm tatsächlich und so trotteten wir eines nach dem anderen aus unserem Stall hinaus.

„Möööh, in welcher Richtung liegt Norddeich?", fragte Flauschel und zupfte unentschlossen an ein paar Grasbüscheln auf dem Boden herum.

Bolle überlegte. „Ich weiß, dass ich mit dem Transport damals durch ein paar Städte gefahren bin", erinnerte er sich.

„Mööh, zur Stadt geht es da runter", wusste Flöckchen. Also folgten wir dem Weg, was im Dunkeln gar nicht so einfach war. Schafe sind eigentlich nicht so gerne nachts unterwegs. Möffi hatte von uns allen die besten Augen und durfte deshalb vorangehen. Gelegentlich blieben einige von uns stehen, um am Wegesrand ein paar Grashalme zu zupfen, so dass wir nur langsam voran kamen. Leider hatte es schon bald angefangen zu regnen, was bei Schafen allgemein sehr schlechte Laune hervorruft. Immer öfter waren unzufriedene Möööh- und Bäääääh-Rufe aus der Herde zu hören. Wir waren froh, als wir schließlich den Fluss Mümling erreicht hatten, der uns direkt in die Innenstadt führte. Schon von weitem konnten wir das beleuchtete Schloss sehen.

„Was nun?" fragte Kuddel, als wir im Zentrum angekommen waren. Inzwischen regnete es in Strömen.

„Ich weiß auch nicht so genau", gab Bolle zu, „stellen wir uns erst mal unter, im Trockenen kann ich besser nachdenken."

„Möööh, da vorne ist eine Stalltür offen", rief Flauschel.

„Komische Tür", wunderte sich Möffi, „vielleicht sollten wir erst mal ...", aber unsere Herde hatte sich schon in Bewegung gesetzt, um endlich ins Trockene zu gelangen. Über die Dunkelheit im Inneren des Gebäudes wunderten wir uns nicht, schließlich wurde auch bei uns im Stall gern am Strom gespart. Zwar finden wir es unhöflich, dass unser Schäfer jedes Mal das Licht ausmacht, wenn er uns verlässt, aber wir haben uns im Laufe der Jahre daran gewöhnt. Ungewöhnlich war jedoch der Untergrund, auf dem wir nun standen. Er war weich und flauschig, aber ganz ohne Stroh. Futter lag leider nicht bereit. Dafür sahen die beiden Männer, die mit einem Mal vor uns standen, sehr vertrauenserweckend aus. Sie hatten genauso wollige Mützen auf dem Kopf wie unser Schäfer, obwohl der seine nie über das ganze Gesicht zog. Bei diesen Männern guckten nur ihre weit aufgerissenen Augen aus der Mütze hervor. Sie sahen sehr überrascht aus und hatten vor Schreck die schweren Taschen fallen lassen, die sie bei sich trugen. Viele kleine mit Zahlen bedruckte Papierscheine

quollen daraus hervor und verteilten sich auf dem Boden. Flöckchen und Flauschel wühlten neugierig mit ihren Schnauzen darin herum. Die beiden Männer sahen sehr ängstlich aus, was aber wohl nicht an Flöckchen und Flauschel lag, sondern an dem lauten, schrillen Ton, der eingesetzt hatte, sobald wir das Gebäude betreten hatten. Wir mochten den Ton auch nicht und mööhten beschwichtigend, um die Männer zu beruhigen. Die sahen sich aber nur erschrocken an und als der eine rief:
„Nichts wie weg hier!", setzten sie sich in Bewegung als wäre ihnen der Schäferhund persönlich auf den Fersen. Wir sahen ihnen in der Dunkelheit nach und machten es uns dann ohne sie gemütlich.

„Banküberfall in der Innenstadt", hörten die Bereitschaftspolizisten Ferdinand Vogel und Didi Kregelstein über ihr knisterndes und knackendes Funkgerät. Pflichtbewusst machten sie sich mit ihrem Polizeiwagen sofort auf den Weg. Mit Blaulicht rasten sie durch die menschenleeren Straßen und kamen mit einer Vollbremsung direkt vor dem Eingang des Bankgebäudes zum Stehen. Die Tür stand sperrangelweit offen, aber das Innere der Bank war im Dunkeln verborgen. Vogel und Kregelstein entsicherten ihre Waffen und liefen mit klopfendem Herzen zum Eingang. Sie staunten nicht schlecht, als sie im Inneren der Bank auf eine Schafherde trafen, die es sich umgeben von Banknoten in erheblichem Wert auf dem Fußboden bequem gemacht hatte.
„Aber ... wie haben die den Tresor aufgekriegt?", fragte Didi Kregelstein und sah seinen Kollegen fassungslos an. Der zuckte nur ratlos mit den Schultern, denn so etwas hatte er in 35 Dienstjahren auch noch nicht gesehen. Didis Frage konnte auch später im Kreis der Kollegen und Fachleute nicht zufriedenstellend beantwortet werden und die wahren Hintergründe blieben völlig im Verborgenen.
So erhielten die Schafe keine Belohnung für den vereitelten Bankraub. Stattdessen berichtete die Lokalzeitung an den Folgetagen ausführlich über die ‚Gangsterschafe' und die Einwohner von Erbach entwickelten allerlei abwegige Theorien, wie das Geld aus dem Safe gekommen war. Die vermeintlichen Übeltäter kamen nicht ins Gefängnis, da für Schafe keine Haftstrafen vorgesehen waren, sondern wurden noch in der Tatnacht zurück in ihren heimischen Stall geführt. Der Schäfer versicherte, dass die Tiere nicht in seinem Auftrag gehandelt hätten und versprach hoch und heilig, ein ausbruchsicheres Schloss am Schafstall anzubringen.

Mööööh. Für uns war die Zeit des Reisens in ferne Regionen damit erst einmal vorüber, aber traurig waren wir deswegen nicht. Wir hatten ein Abenteuer erlebt und das reichte uns völlig. Nach diesem Erlebnis hatten wir alle genug davon, bei Regen durch die Dunkelheit zu wandern und beschwerliche Fußmärsche hinter uns zu bringen. Bolle meinte auch, dass es wohl noch ziemlich weit bis nach Norddeich gewesen wäre.

„Außerdem ist dort alles ganz flach", verriet er uns, „es gibt keine Berge und kaum Wald. Und das Wetter ist im Norden sehr unbeständig und einen Windschutz gibt es auf dem Deich auch nicht."

Nun waren wir uns ganz sicher, dass sich dafür der lange Weg nicht gelohnt hätte. Je länger wir darüber nachdachten, desto klarer wurde uns, dass es hier doch am schönsten war: Zu Hause in unserem Schafstall, mit Blick auf eine hügelige Landschaft, die Wälder und unsere Weide, auf der wir schon bald wieder alle gemeinsam grasen würden.

Einfach nette Leute
Von Helga Streit

Im Grunde genommen ist es einfach, auch wenn es viele gibt, die anderes behaupten. Es gibt die Guten und die Bösen, die Schafe und die Wölfe, und es gibt die, nennen wir sie Hirten, die die Schafe schützen vor den Wölfen. Aber was, wenn einmal ein Wolf einbricht in die Schafherde und es gibt keinen Hirten, der sie beschützt? Die Schafe, das waren die Familien wie die Zollers, die Berben und die Bachmanns. Und natürlich die Mayers. Man graste friedlich auf der Weide und das hieß, man hatte Grundsätze, die richtige Religion, man hielt auf Fleiß, Leistung, Tradition und Familie, war tolerant gegenüber Schwulen und Geschiedenen, auch wenn man es nicht gutheißen konnte, worüber zu verständigen ein Blick und ein angedeutetes Runzeln der Stirn genügten. In diese Herde friedlich grasender Schafe brach eines Tages der Wolf ein. Nicht, dass man den Wolf gleich als solchen erkannt hätte, denn er trug zum Schein einen Schafspelz, war er doch der einzige Sohn der Kreuzers, grundanständiger Leute, ein reizendes Paar und so nett. Überhaupt, nett oder Nettigkeit, das waren die am häufigsten gebrauchten Worte, wenn Karin auf ihre Freunde und Bekannten zu sprechen kam, und Leute wie die Zollers, die Berben, die Bachmanns - und die Kreuzers, jedenfalls einige von ihnen - waren vor allem das: einfach nette Leute. Daran musste Karin denken, als sie in die Küche ging und Erwin, ihr Mann, sich im Wohnzimmer weiter ‚vernünftig' mit seinem Schwiegersohn unterhielt, und also entschlossen war, in der Sache nichts zu unternehmen. Erschöpft ließ sie sich auf einen der Stühle fallen, die bei dem kleinen Tisch an der Wand standen. Die Tischdecke hatte Flecken und musste dringend gewechselt werden. Als ehemalige Arztgehilfin kannte Karin sämtliche Symptome einer klinischen Depression und indem sie diese bereits in ihren Anfängen bekämpfte, konnte sie sicher gehen, nicht depressiv zu werden. Und so gab sie auch nicht der Versuchung nach, den Kopf dreimal fest gegen die Tischplatte zu schlagen, weinend auf dem Küchenboden zusammenzusinken oder die Flasche Gin, die auf der Anrichte stand, in einem Zug leer zu trinken, sondern machte sich an die Zubereitung des Essens, marinierte Lammkoteletts mit Chili. Die Koteletts mit der Marinade aus Butter, Chili und Knoblauch bestreichen, auf beiden Seiten salzen und pfeffern und bei großer Hitze kurz anbraten, ehe sie in der vorgewärmten Platte im Ofen 20 bis 30 Minuten garen. Währenddessen den Buchweizen im Wasser kochen, salzen. Lauch, Rüben - Ruebli steht im Kochbuch, ein Geschenk von lieben Schweizer Freunden - und Champignons in der Butter dämpfen, mit Bouillon ablöschen. Weich garen. Buchweizen in Herz-Förmchen füllen, flach drücken und auf Teller stürzen. Fertig. Das heißt fast. Und wenn Karin kurz ganz von ihrer Aufgabe in Anspruch genommen war, musste sie jetzt wieder an die Rührung denken, die sie empfand, als Philipp Kreuzer, der doch gerade noch als Mitglied der Katholischen Jugend vor ihrer Tür gestanden hatte und Geld für die Weltmission sammelte, um die Hand ihrer Tochter Julia anhielt. Jetzt, drei kurze Jahre später, saß er auf ihrem Wohnzimmersofa und erklärte den Bankrott seiner Ehe.

Wie schön Julia an dem Tag ihrer Hochzeit gewesen war! Sogar der Landeshauptmann, der zufällig in der Stadt war, hatte den Brautleuten gratuliert und obwohl er Sozialist war und ein unmögliches Hemd trug, ohne Schlips, hing das Foto, das ihn zusammen mit Julia zeigte, sie in ihrem schönen Hochzeitskleid, das 800 Euro gekostet hatte, im Wohnzimmer, nur wenige Schritte von Philipp entfernt, der die Geschmacklosigkeit besaß, auf ihrem Sofa sitzend seine schmutzige Affäre mit der Besitzerin eines Fitnessstudios auszubreiten. Als ob es auch nur eine Minute lang einen Zweifel hätte geben können, wer an dem Scheitern der Ehe Schuld trug! Vielleicht konnte man Karin hin und wieder bei der Beurteilung ihrer Freunde und Bekannten ein wenig Blauäugigkeit vorwerfen, aber dafür sah sie im Fall der Besitzerin des Fitnessstudios umso genauer: Eine erfolgreiche Unternehmerin, die sich für die Karriere und gegen die Familie entschieden hatte, deswegen trotz promiskuitiver Lebensweise sexuell frustriert war und sich in einem Anfall von Torschlusspanik einem jüngeren Mann an den Hals warf. Dass diese Person dabei auch nicht davor zurückschreckte, eine glückliche Ehe zu zerstören, vervollständigte das Bild in einer Weise, die Karin selbst in dieser verzweifelten Lage einen Seufzer der Befriedigung entlockte. Rechtzeitig widerstand sie dem Impuls, sämtliche Zähne in das Holz des Tisches zu schlagen. Dabei war das noch nicht alles. Denn Philipp brauchte aus unerfindlichen Gründen Kapital, offenbar war die Unternehmerin doch nicht so erfolgreich, und dieses Kapital wollte er aus der Firma abziehen, die vor fünf Jahren Erwin zu gleichen Teilen ihren Kindern, Peter und Julia überschrieben hatte. Nicht einmal Erwin leugnete, dass dadurch die Firma ernstlich in ihrem Bestand gefährdet war. Nein, sie würde nicht zur Flasche Gin dort auf der Anrichte greifen. Und auch nicht auf den Boden sinken und mit den Fäusten auf ihn eintrommeln. Stattdessen legte sie die Lammkoteletts auf die schöne Schüssel mit Goldrand, stellte die Gemüseterrine und die Teller mit dem Buchweizen in Herzform auf das Tablett und mit einem „Jetzt lasst uns einmal in Ruhe etwas Essen! Danach findet sich bestimmt eine Lösung" segelte sie wieder zurück ins Wohnzimmer. Dass es in den wirklich ernsten Situationen des Lebens immer die Frauen sind, die die Initiative ergreifen müssen!

Der Gast bekam natürlich das größte Kotelett, auch wenn er noch so beteuerte, keinen Appetit zu haben. Er kaute denn auch lustlos an den Bissen, die er sich umständlich auf die Gabel schob. Nicht, dass Philipp nicht trotzdem ausdrücklich das gute Essen gelobt hätte. Aber Karin ließ sich nicht mehr von dem falschen Schafspelz täuschen.

Nachdem Philipp gegangen war und Karin mit dem Geschirr in die Küche zurückkehrte, bemerkte sie, dass der Erste-Hilfe-Schrank noch offen stand. Mit einem entschiedenen „So!" schloss sie ihn und damit auch, wie sie hoffte, diese ganze leidige Affäre.

Und tatsächlich klingelte eine Stunde später das Telefon und eine aufgelöste Julia konnte nur noch von dem plötzlichen Ableben Philipps berichten und der Vermutung der Ärzte, dass es sich um einen Blinddarmdurchbruch handelte. Karin vergrub ihr Gesicht in den Händen. Das war wieder an dem kleinen Küchentisch, worauf jetzt ein frisches, sauberes Tischtuch ausgebreitet lag. Ihr einziger Trost sei, erklärte sie ihrem Mann, dass Julia und die zwei kleine Buben durch den Weiterbestand der Firma finanziell abgesichert waren. Über eine Scheidung wäre man denn doch hinweggekommen. Die Zeiten ändern sich, auch wenn das nicht schön sei. Und statt scheeler Blicke und dem Runzeln der Stirn, würde es nun echt empfundenes Mitleid sein, das man ihnen entgegenbrachte, denn die Zollers, die Berben, die Bachmanns - und die Kreuzers, die schließlich auch mit dazugehörten - waren eben einfach nette Leute.

Im Grunde genommen ist es einfach. Es gibt die Guten und die Bösen, die Schafe und die Wölfe. Und wenn einmal ein Wolf einbricht in die Schafherde und es gibt keinen Hirten, der sie beschützt, dann müssen die Schafe eben sehen, wie sie sich selber helfen können.

Das Schönheitsschaf
Von Lars Blumenroth

Ein Knarren weckte mich. Alarmiert erhob ich mich von meinem Strohballen und spähte nach draußen. Der Vollmond beleuchtete den Hof und die anderen Ställe und ... Mit einem Klacken rastete der Riegel des großen Tors ein. Aber weit und breit war niemand zu sehen. Es dauerte einen Moment, bis ich begriff, dass niemand den Hof betreten hatte, sondern sich jemand hinausgeschlichen haben musste.
Hastig schüttelte ich das Stroh aus meiner Wolle und huschte auf den Hof. Obwohl ich als Schaf kein Spürhund war, entging mir der markante Geruch nicht: Es roch nach Wolf.
Bei dieser Erkenntnis sträubte sich mir die Wolle. Plötzlich sah ich überall bedrohliche Schatten. Aber nichts geschah. Ich beruhigte mich wieder. Wenn es wirklich ein Wolf gewesen war, dann hätte er doch bestimmt nicht die Tür benutzt, um den Hof wieder zu verlassen. Und Rex, der alte Wachhund, hatte auch nicht Alarm geschlagen. Ein wenig verwirrt und schafsmüde legte ich mich wieder hin.

Am Morgen riss mich ein Aufschrei aus dem Schlaf. Sofort hatte ich mein nächtliches Erlebnis wieder im Kopf und stürmte auf den Hof.
„Was ist passiert?", rief ich und ahnte Fürchterliches.
„Sille ist verschwunden!", schrie Hilla Huf aufgebracht.
Sille Sauber war die Favoritin der diesjährigen Wahl zum Schönheitsschaf. Eine elegante Dame, die sich den ganzen Tag um nichts kümmerte, als um ihre seidige Wolle. Nun lagen Fetzen dieser Pracht in ihrem Stall verstreut wie nach einem Kampf. Ich schluckte. Dann sah ich in die Runde. Verängstigte Schafsaugen sahen zurück.
„Wo ist Rex?", fragte ich.
„Der schläft noch", antwortete mir Susi Schwarz. „Drüben in seiner Hütte. Wie ein Stein."
Für einen Moment irritierte mich die Ruhe, die Susi Schwarz ausstrahlte. Sie schien die Einzige zu sein, die keine Angst hatte. Und sie war die Einzige mit schwarzer Wolle.

Rex hatte natürlich nichts gehört. Meiner Meinung nach war er schon viel zu betagt, um einen Schafhof wie diesen zu bewachen. Müde schleppte er sich neben mir her.
„Was wirst du jetzt machen?"
„Ich kontrolliere das Tor", antwortete ich. „Es muss irgendwelche Spuren geben."

Doch das große Tor sah aus wie immer. Keinerlei Anzeichen für einen Einbruch. Also ließ ich den alten Rex dort stehen und ging wieder zurück.

„Jemand muss etwas gehört haben!", sagte ich eindringlich. „Hier wurde gekämpft, das passiert nicht stillschweigend." Niemand meldete sich. Wieder sah ich lediglich in verängstigte und ratlose Augen.

Also ging ich zu Susi Schwarz.

„Wo waren Sie letzte Nacht, Frau Schwarz?"

„Na hier natürlich."

„Was haben Sie gemacht?"

„Na was man nachts so macht: Schlafen natürlich."

„Ich mag Ihre freche Art nicht, Frau Schwarz."

„Und ich mag es nicht, wenn man mich nur aufgrund meiner Wollfarbe verdächtigt."

Ich schluckte. Irgendwie fühlte ich mich ertappt. Aber letztlich hatte man doch genau dafür ein schwarzes Schaf, oder?

Also fuhr ich fort: „Gibt es Zeugen?"

„Nein. Wer will schon mit einem schwarzen Schaf den Stall teilen?"

„Wie haben Sie Sille Sauber umgebracht?"

„Das ist doch unerhört!"

„Geben Sie es schon zu, Frau Schwarz."

„Welches Motiv soll ich bitte haben?"

Ich hielt inne. Dann sagte ich: „Vielleicht waren Sie neidisch auf Sille Saubers seidige Wolle?"

Das Verhör war denkbar schlecht gelaufen. Nervös lag ich in meinem Stall auf der Lauer. Ich hatte den alten Rex zwar angewiesen, das große Tor im Auge zu behalten, doch darauf konnte ich mich nicht verlassen. Die Sicherheit der Herde stand auf dem Spiel.

Plötzlich scharrte es an meinem Verschlag. Ich fuhr hoch.

„Wer da?"

„Ich bin es", murmelte Hilla Huf und kam herein. Sie trug einen kleinen Eimer im Maul.

„Was wollen Sie denn noch so spät?"

„Ich musste mich einfach vergewissern, dass Sie Wache halten", sagte sie und stellte den Eimer ab. „Außerdem wollte ich Ihnen etwas Wasser bringen. Die Nacht wird sicher lang."

Ich stimmte zu und nahm den Eimer an. Mit den Gedanken bei Hilla Hufs betörendem Hüftschwung legte ich mich wieder auf die Lauer.

Es war schon hell, als mich abermals ein Aufschrei aus dem Schlaf riss. Verstört begriff ich, dass ich meine Wache versäumt hatte. Panisch rannte ich hinaus.

Beate Blök war verschwunden. In ihrem Stall offenbarte sich mir dasselbe Szenario, wie am Tag zuvor bei Sille Sauber.

„Wie konnte das passieren?", fragte Hilla Huf. „Sie haben doch Wache gehalten, oder nicht?"

„Ja, natürlich, aber ...", versuchte ich mich herauszureden. Aber es war zwecklos. Die Herde schaute mich mit bösem Vorwurf an.

„Hört mal, Leute, ich weiß auch nicht, wie das passieren konnte, aber ..."

„Vielleicht sind Sie selbst ja der Meuchler!", rief plötzlich eine Stimme aus dem Hintergrund.

Es war Susi Schwarz. Und zu meinem Entsetzen sah ich einige Schafsköpfe nicken.

Nur Hilla Huf sprang mir zur Seite: „Jetzt hört aber auf! Ein Mörderschaf? Das ist doch lächerlich."

Die Herde schien unschlüssig, trollte sich aber schließlich.

„Danke", sagte ich kleinlaut.

„Kein Problem", antwortete Hilla Huf.

Das Tor war noch immer unbeschädigt. Hilla Huf hatte recht: Schafe brachten keine Schafe um! Und doch, die Bedrohung konnte nicht allein von draußen kommen.

Also sah ich mir noch mal beide Tatorte an. Sille Saubers seidige Wollfetzen, die überall herumlagen, und Beate Blöks buschige Lockenpracht. Etwas störte mich daran. Wieso konnte sich niemand an Kampfgeräusche erinnern? Und beide Damen waren überaus stolz gewesen auf ihre Wolle. Niemals hätten sie diese kampflos gelassen. Es sei denn, sie hätten tief und fest geschlafen ...

„Kehrt der Täter nun an den Ort des Geschehens zurück?", fragte Susi Schwarz.

„Frau Schwarz, was wollen Sie?"

„Es gefällt Ihnen nicht, wenn man Sie eines Mordes beschuldigt, was?"

Ich wurde verlegen.

„Jetzt wissen Sie, wie ich mich fühle. Als schwarzes Schaf steht man immer gleich ganz oben auf der Abschussliste."

„Frau Schwarz ..."

„Schon gut. Haben Sie diese Spuren hier im Lehm gesehen?" Ich folgte ihrem Blick. „Das sind Wolfstatzen, nicht wahr?"

„Ja", sagte ich.

„Wie aber ist er auf den Hof gekommen?"

„Das ist ein Rätsel."

„Und wieso hat niemand etwas mitbekommen?"

Schmerzlich dachte ich daran, dass ich während meiner Wache eingeschlafen war.

„Ich habe einen Plan", sagte Susi Schwarz.

Am Abend lag ich wieder auf der Lauer. Damit der Plan funktionierte, durfte ich diesmal auf keinen Fall einschlafen. Daran erinnerte mich auch Hilla Huf, als sie mir wieder einen Eimer Wasser brachte. „Ich verlasse mich auf Sie", sagte sie und trabte davon.

Voller Selbstvorwürfe nahm ich den Eimer und bezog wieder meinen Wachposten. Bevor ich aber einen Schluck trinken konnte, sauste Susi Schwarz aus dem Schatten herbei und kippte den Eimer um.

„Sind Sie des Wahnsinns? Das wollen Sie doch nicht wirklich trinken!"

„Aber ..."

„Trauen Sie niemandem! Erst recht nicht Schafen mit weißer Wolle!"

Mir dämmerte langsam, worauf der Plan hinauslief. „Und was ist mit Rex?"

„Der hat sein Wasser heute von mir bekommen."

Etwa eine Stunde später schlich sich eine vermummte Wollgestalt zum großen Tor. Fassungslos beobachtete ich, wie sie den Riegel mit der Schnauze aushob und ...

„Verdammt!", entfuhr es mir, als ich einen Wolf hereinkommen sah.

„Psst", machte Susi Schwarz. „Kommen Sie!"

Leise schlichen wir uns im Schatten der Ställe hinaus. Es stank ungeheuerlich nach Gefahr.

„Wer soll es diesmal sein?", raunte die dunkle Wolfsstimme.

„Tina Teuer", wurde die Antwort geflüstert.

Susi Schwarz stupste mich an. „Ich hole Rex."

„Sollte nicht ich ..."

„Sind Sie verrückt? Sie leuchten doch wie eine Laterne in der Nacht! Meine schwarze Wolle dagegen macht mich unsichtbar."

Schon war Susi Schwarz verschwunden, während ich den Übeltätern in gebührendem Abstand folgte.

„Wie bei den letzten Malen: Schön viel Wolle ausreißen und verstreuen."

„Und es sind wieder alle betäubt?"

„Logisch", antwortete die vermummte Gestalt.

Ich wurde nervös. Wo blieb Susi Schwarz mit Rex? Der Wolf schlich bereits auf Tina Teuers Stall zu. Gleich würde es zu spät sein. „Halt!", rief ich da und trat aus dem Schatten heraus. Der Wolf und die Wollgestalt erschraken. Aber der Überraschungsmoment hielt nicht lange vor. Schon begann der Wolf zu knurren. Seine scharfen Zähne glänzten gefährlich und ich spürte, wie meine Hammelbeine weich wurden. Gleich würde er mit einem Satz bei mir sein und ...

Da schoss der alte Rex um die Ecke und stellte den Wolf gerade noch rechtzeitig. Es gab ein kurzes Gerangel, dann jagte Rex den Eindringling vom Hof.

Die vermummte Gestalt versuchte ebenfalls zu fliehen, hatte aber nicht mit Susi Schwarz gerechnet. Wie aus dem Nichts sprang sie aus den Schatten und streckte ihren Gegner mit einer Kopfnuss nieder.

Am nächsten Tag gestand Hilla Huf alles. Sie hatte gezielt Schafe betäubt, um dem Wolf freies Geleit zu geben. Damit wollte sie die harte Konkurrenz beseitigen, die ihr bei der Wahl zum Schönheitsschaf noch im Wege stand. Sie wurde noch am gleichen Tag vom Schlachtermeister abgeholt.

Eine Woche später war sich die Herde einig, dass der diesjährige Preis für das Schönheitsschaf Susi Schwarz zugesprochen werden musste – für ihre innere Schönheit.

Selinas Fehler
Von Sonja Guldi

Es war kalt, regnerisch, irgendwie unangebracht für September. Zu früh verabschiedete sich der Sommer in diesem Jahr. Es war noch nicht einmal Mitte des Monats, doch man hatte bereits das Gefühl, das Jahr ging seinem Ende entgegen. Bald würden die Tage merklich kürzer werden. Nachtfröste, Nebelschwaden in den Dämmerungen, die Sonne schwach und kraftlos. Vorher noch Stürme, Regenfronten, dann kroch Eiseskälte über die Tage und eventuell etwas Schnee. Der letzte Winter war schneefrei gewesen, dieser ließ sich bereits früh erahnen und konnte dementsprechend hart ausfallen.

Selina bereute es bereits ihrem spontanen Impuls nachgegeben und sich zu einem Spaziergang entschlossen zu haben. Dabei liebte sie es im Herbst draußen zu sein, wenn es gerade anfing kühler zu werden. Die Luft nach einem langen heißen Sommer, diese erste Frische, hatte sich zum ersten Mal wieder kühl und rein angefühlt, die Lungen mit jedem Atemzug gereinigt. Doch diesmal hatte sie sich geirrt. Die feuchte Luft kroch unter ihre Kleidung, die Nässe in die Schuhe. Nach kurzer Zeit begann sie zu frösteln und irgendwie stank es, ein fauler, alter Geruch lag in der Luft. Sie machte einen Bogen und kürzte über einen Feldweg ab. Wieder zurück zum Wagen. Auf ihrem Rückweg schlenderte sie an der Schäferei vorbei, zwei gegenüberliegende große Hallen aus denen es blökte und mähte in einem fort. Jetzt paarte sich der alte Geruch mit Schaf. Genau als sie auf Höhe der beiden Gebäuden war, kam ein Mann heraus. Derb gekleidet in Gummistiefeln mit hastigem Schritt, eine große, klebrige Masse in den Händen, lief er um die Ecke und warf sie mit einem Schwung vor sich auf den Boden, dann verschwand er wieder in einer der Hallen. Der Haufen dampfte. Sofort waren Katzen da und stürzten sich darauf, eine Krähe stieß von oben herab, packte sich einen Fetzen, flog damit einige Meter in den Hof und begann ihre Beute zu fressen. Der Hofhund bellte wie verrückt und rannte zwischen Katzen und Krähe hin und her, so weit seine Kette es zuließ, doch so sehr er sich auch in Rage versetzte, er erreichte weder die eine noch die andere. Selina starrte entsetzt auf die Szenerie, sie brauchte einen Moment, um zu begreifen, dass es sich bei der Masse um Innereien handelte, schlachtfrisch, körperwarm, stinkend und dampfend. Wieder kam der Mann heraus und warf noch einmal einen Haufen von dem Zeug in die Runde, wieder ging der Hofhund leer aus, noch zwei Krähen stießen dazu, doch die Katzen hatten die Oberhand. Blut sickerte über den

Boden Richtung Weg. Der Hund kläffte wie von Sinnen. Selina spürte Übelkeit und Entsetzen, sie drehte sich um und lief davon.

Karl blieb noch einen Moment stehen und blickte der jungen Frau hinterher wie sie in ihr Auto stieg. Schwer zu sagen, ob sie etwas gesehen hatte. Er selbst hatte sie zu spät bemerkt. Gerade als er den toten Körper in den Schuppen gezogen und die Tür geschlossen hatte, erhaschte er eine Bewegung aus den Augenwinkeln. Gut möglich, dass es der Augenblick war, als sie um die Ecke des Hauses kam. Genauso gut denkbar, dass sie bereits hinter ihm gestanden hatte und dabei war, sich wieder aus dem Staub zu machen. Er war zu unvorsichtig gewesen, hätte sich denken können, dass jemand kommen und ihn stören würde. Die Alte hatte deutlich den Namen Selina gerufen, als sie ihn bemerkt hatte, also hatte sie jemanden erwartet. Im nächsten Augenblick schlug er sie schon nieder und dann hatte er erst mal die Leiche verschwinden lassen müssen. Jetzt startete sie urplötzlich den Wagen und fuhr mit quietschenden Reifen davon. Sie hatte mehr gesehen.

Wie eine Verrückte war Selina in ihrem Wagen die Straße hinunter gejagt, getrieben von Panik. Sie touchierte beim Abbiegen den Bürgersteig und landete auf ihrem gewohnten Parkplatz. Die kurze Distanz zum Eingang überbrückte sie in wenigen Sätzen. Die schwere Glastür war nur angelehnt. Sie stieß sie auf und nahm bereits die ersten Stufen, während die Tür mit Schwung von der Wand abprallte und krachend zurück fiel. Eins, zwei, vierter Stock, linke Tür, wo war nur der verdammte Schlüssel! In Windeseile fummelte sie ihn ins Schloss und fegte in ihre Wohnung, die Tür rastete hinter ihrem Rücken ins Schloss. Verdammt! Der Schlüssel steckte noch außen! Wieder riss sie die Tür auf und griff nach dem kleinen Anhänger, einer Plakette des heiligen Christopherus. Sie zerrte daran, doch der Schlüssel ließ sich nicht abziehen. Schließlich hörte sie auf. Sie begann tief durchzuatmen, hob langsam ihren rechten Arm, griff nach dem Schlüssel und zog ihn bedächtig ohne Zwang aus der Tür. Dann ging sie die zwei Schritte zurück und ließ die Tür los.

Ob sie sich sehr auffällig benommen hatte? Sie hatte den Garten noch ganz ruhig verlassen, zumindest bildete sie es sich ein. Erst als der Motor startete, hatte die Panik sie ergriffen und zu ihrer frenetischen Fahrt veranlasst. Sie musste jetzt etwas trinken. Mit festen Schritten durchschritt sie den langen Flur. Das hinterste war das kleinste der fünf Zimmer und besaß keine rechte Funktion. Der große Kleiderschrank war dort untergebracht, weil Selina es liebte in einem fast leeren Raum zu schlafen und auf diese Art wirklich nur das Bett und einen Sessel in dem großen Zimmer mit den Stuckverzierungen stehen hatte. Der Kleiderschrank nahm im hinteren Zimmer die gesamte Wand gegenüber der Tür in Anspruch. Auch ihr Computer war dort untergebracht, ein großes Schuhregal hinter einem Vorhang und eben auch einiges, was man sonst in einer Speisekammer suchen würde, unter anderem diverse Spirituosen. Mit fester Hand nahm sie eine Flasche Wodka vom Boden und setzte sie an die Lippen. In solch einer Situation war es angebracht direkt aus der Flasche zu trinken. Schließlich hatte sie gerade gesehen, wie ein fremder Mann den toten Körper ihrer Tante aus der Hintertür ihres Hauses durch den Garten und in den Schuppen geschleift hatte. Sie war sich nicht einmal ganz sicher, ob sie nicht dabei war zu träumen. Das ekelhafte Erlebnis an der Schäferei, Selina nichtsahnend auf dem Weg zu ihrer Tante und dann solch ein Anblick. War das alles real? In ihrem Körper bereitete sich die wohlige Wärme des Wodkas aus. Sie musste die Polizei anrufen. Sofort! Oder sollte sie erst zurückfahren und nachsehen? Vielleicht klärte sich alles. Doch was, wenn sie sich nicht geirrt hatte, was, wenn der Mann wusste, dass Selina ihn länger beobachtet hatte als vorgegeben? Er hatte schnell reagiert, hatte sich umgedreht und etwas von Gartenarbeiten erzählt, die er für die Tante machte. Es stimmte auch, dass sie ein bis zweimal im Jahr die schweren Arbeiten von einem Gärtner erledigen ließ. Doch den hatte Selina noch nie gesehen. Sie hatte so getan als würde seine Antwort genügen und war wieder zu ihrem Wagen gegangen. Den ganzen Weg hatte sie seinen Blick im Nacken gespürt. Selbst jetzt noch fühlte sie sich beobachtet. Mit der Flasche in der Hand ging Selina langsam auf die offene Zimmertür zu. Sie lugte durch den langen Flur. Alles schien normal und ruhig. Bis auf ein leises Klingen. Ping, Ping, Ping. Wo kam es nur her? Selina kniff die Augen zusammen und lauschte. Da sah sie es. Die Kette an der Wohnungstür schwang aufgeregt hin und her. Der Mann war womöglich in die Wohnung gekommen, war ihr bis hierher gefolgt! Langsam klang das Klingen aus. Die Kette kam zur Ruhe. Wie viel Zeit war seit ihrem Kommen vergangen? Auf jeder Seite des Flurs waren zwei Zimmer. Links Küche und Schlafzimmer, rechts Bad und Wohnzimmer, alle Türen standen offen oder waren nur angelehnt. Selina schloss nie ihre Türen. Ein Eindringling könnte unbemerkt einen der Räume betreten. Am nächsten war ihr die Tür zum Schlafzimmer. Langsam bewegte sie sich darauf zu und lugte durch den kleinen Spalt. Nichts war zu sehen. Sie stieß die Tür ganz auf und betrat den Raum. Alles wie immer, nirgendwo Anzeichen, dass jemand hier war. Sie musste die Polizei anrufen. Sie lief den Flur nach vorne um das Telefon aus der Küche zu holen und blieb entgeistert vor der Wohnungstür stehen. Unfähig sich zu bewegen, starrte sie auf das Holz direkt vor ihrer Nase, nicht glaubend, was sie sah. Die Kette hing nicht mehr nach unten, sondern war eingelegt.

Karl war mit seiner Arbeit zufrieden. Er fühlte sich wie ein Profi, dem es kein Problem machte, einen kleinen Fehler auszubügeln. Ein leichtes die Frau zu finden. Ihr auffälliger Kleinwagen parkte nur wenige Straßenzüge weiter vor einem Mietshaus. Sie hatte sogar den gleichen Nachnamen wie die Alte und in ihrer Nervosität die Wohnungstür nur angelehnt. Der Rest ging ganz schnell. Jetzt würde er sich erst einmal aus der Gegend verziehen. Einige Hunderte Kilometer zwischen sich und diese kleine idyllische Ortschaft bringen. Seine Hehler warteten schon, mit dem Verdienst konnte er einige Monate über die Runden kommen, bis Gras über alles gewachsen war. Danach würde er sehen, was sich als nächstes ergab.

Autorenliste

Sabine Axnick, geb. 1961, ist von Beruf Erzieherin und Gästeführerin und lebt in Bad König. Chorgesang und Lesen sind ihre Hobbys

Heidi Bermes, geb. 1968, ist von Beruf Sekretärin und Mutter. Sie lebt in Rheinbach-Hilberath. Lieblingsbuch: *Slam Alicia*

Lars Blumenroth, geb. 1979, Student. Er lebt in Düsseldorf. Lieblingsbuch: *Die Hexe und der General*

Michael Brandl, geb. 1969, ist von Beruf Verlagsangestellter und lebt in Ingolstadt. Lieblingsbuch: *Sein letzter Fall*

J. K. Brandon, geb. 1978, er ist von Beruf Ingenieur, er lebt in Sankt Georgen in Österreich. Seine Hobbys sind Schreiben, Lesen und Kochen.

Stefanie Busch, geb. 1973, sie ist Diplom Ingenieurin (FH). Ihre Hobbys sind Geistige und körperliche Bewegung und Hunde

Michael Deitrich, geb. 1965, ist von Beruf Beamter und lebt in Michelstadt. Sein Lieblingsbuch ist sein Sparbuch

Wulf Dorn, geb. 1969, er ist von Beruf Fremdsprachenkorrespondent. Sein Lieblingsbuch ist *Tom Sawyer*

Bettina Goldner, geb. 1950, ist von Beruf freiberufliche Journalistin und lebt in Ebersberg. Lieblingsautor: *John Updike*

Sonja Guldi, geb. 1967, 1994 schloss Sie Ihr Magister Artium an der Universität in Mannheim ab und lebt heute in Meckesheim. Lieblingsautor: *Paul Anster*

Antje Herden, geb. 1971, ist Schriftstellerin und Mutter, Sie lebt in Darmstadt und Ihr Lieblingsautor ist *Jack Keronac*

Markolf Hoffmann, geb. 1975, ist Schriftsteller und lebt in Berlin. Lieblingsbuch : *Ulysses*

Ulrich Hoyer, geb. 1958, er ist von Beruf Chemikant und lebt in Bonn. Sein Lieblingsbuch: *Ansichten eines Clowns*

Andreas Klink, geb. 1974, er ist von Beruf Testingenieur und lebt in Reutlingen. Sein Lieblingsbuch: *Der Zauberhut*

Heidi Lang, geb. 1963, ist von Beruf Fotosetzerin und lebt in Beerfelden. Lieblingsbuch: *Vom Winde verweht*

Ursula Lange, geb. 1958, ist von Beruf Hausfrau und lebt in Iserlohn. Lieblingsbuch: *Rose und Schwert*

Ruth Löbner, geb. 1976, ist von Beruf freie Autorin und lebt in Mönchengladbach. Lieblingsbuch: *Mein Name sei Gantenbein*

Sunil Mann, geb. 1972, ist von Beruf Flugbegleiter und lebt in Zürich. Lieblinsautor: *Jakob Arjouni*

Judith Merchant, geb. 1976, ist von Beruf Dozentin für Literatur und lebt in Königswinter. Lieblingsbuch: *Die geheime Geschichte*

Stefan Münkel, geb. 1963, ist von Beruf Verwaltungsangestellter und lebt in Beerfelden. Sporttauchen und Gitarre spielen sind seine Hobbys, **gewann den 3. Preis des Schafskrimiwettbewerbs!**

Michael Rapp, geb. 1975, er lebt in Niddatal und sein Lieblingsautor ist Stephen King

Anna Rinn-Schad, geb. 1957, ist von Beruf Hausfrau und lebt in Neuhof, **gewann den 1. Preis des Schafskrimiwettbewerbs!**

Martina Rose, geb. 1971, ist von Beruf Pädagogische Mitarbeiterin an der Volkshochschule in Oldenburg. Lieblingsbuch: *Watership down*

Ewa Rossberg, geb. 1941, von Beruf Autorin und Journalistin und lebt in Darmstadt. Ihre Hobbys sind lesen, schreiben und Modellieren

Florian Scheibe, geb. 1971, ist von Beruf Wissenschaftlicher Mitarbeiter und lebt in Berlin. Lieblingsbuch: *Der Idiot*, von *Dostojewski,* **gewann den 2. Preis des Schafskrimiwettbewerbs!**

Ralf Schwob, geb. 1966, ist von Beruf Buchhändler und lebt in Riedstadt. Lieblingsautor: *Thomas Mann*

Udo Sponagel, geb. 1947, ist von Beruf Journalist und lebt in Beerfelden

Helge Streit, geb. 1966, von Beruf Schriftsteller und Historiker, Lieblingsautor: *Robert Walser*

Gabi Thomas, geb. 1973, ist von Beruf Sozialpädagogin und lebt in Wiesbaden. Lieblingsautoren: *Agatha Christie, Terry Pratchett*

Fabian Vöhl, geb. 1987, Student. Lebt in Bad Salzuflen und sein Lieblingsbuch ist *Der Herr der Ringe*

Jedes Jahr im Frühling

Odenwälder Lammwochen

www.lammwochen.de

Lammwochen Lamm

Odenwald

...einfach sagenhaft!

ODENWÄLDER LAMMWOCHEN

Regionale Küche
Odenwälder Herzlichkeit

ODENWALD – GASTHAUS
„Bei jedem Bissen ein gutes Gewissen"
Sagenhaft ...! Natürlich aus der Region

Wir sagen: „Unsere Heimat kann man schmecken!" Deshalb laden wir Sie an den reich gedeckten Tisch des Odenwaldes ein und verwöhnen Sie mit dessen regionalen Erzeugnissen. Familiengeführt sind unsere Betriebe, familienfreundlich unsere Angebote. Und wer immer noch glaubt, dass sich Odenwälder Gastronomen nur an Schwartenmagen wagen, der komme zu uns und lasse sich vom Gegenteil überzeugen!

Wir Wirte der ODENWALD - GASTHÄUSER sehen den lokalen Einkauf als Selbstverständlichkeit an. Dafür legen wir die Hand ins Herdfeuer: „Hier wird serviert, was von hier kommt!" In unseren Speisekarten finden Sie sämtliche Lieferanten. Denn: Odenwälder Herkunft hat Zukunft – Heimische Gerichte, unverfälscht und bodenständig!

Wir legen Ihnen ein gutes Stück Odenwald in den Mund. Jeder von uns kocht zwar sein eigenes Süppchen, denn Individualität ist uns wichtig. Aber im Austausch sind wir Partner stark. So bereichern wir uns gegenseitig und bringen unverwechselbare Qualität mit bedingungsloser Ehrlichkeit auf Ihren Speisezettel.

Mümlingstube · Fam. Dieter Mohr · 64711 Erbach
Hauptstraße 16 · Tel: (0 60 62) 33 79 · kein Ruhetag
Gasthaus zum Löwen · Fam. Thomas Löw · 64753 Brombachtal
Zeller Str. 2 · Tel: (0 60 63) 24 85 · Di. Ruhetag
Zum Schützenhof · Fam. Christoph Bertsch · 64385 Reichelsheim
OT Gumpen · Kriemhildstr. 73 · Tel: (0 61 64) 22 60 · Di. Ruhetag
Johanns-Stube im Schwanen · Fam. Armin Treusch · 64385 Reichelsheim
Rathausplatz 2 · Tel: (0 61 64) 22 26 · kein Ruhetag
Gasthaus Dornröschen · Fam. Peter Merkel · 64739 Höchst
OT Annelsbach · Annelsbacher Tal 43 · Tel: (0 61 63) 24 84 · Di. Ruhetag
Gasthaus zum Hirsch · Fam. Rainer Schäfer · 64732 Bad König
OT Fürstengrund · Fürstengr. Str. 36 · Tel: (0 60 63) 912 520 · Mi. Ruhetag
Gasthaus zum Kreiswald · Fam. Gerhard Fritz · 64668 Rimbach
Im Kreiswald 9 · Tel: (0 62 53) 972 146 · Do. + Fr. Ruhetag

neu dabei!

Jeden Monat neu genießen!

Wir laden Sie ein, die sagenhafte Vielfalt dieser liebenswerten Region während **unseren saisonalen Spezialitätenwochen** zu erleben & genießen!

1. – 16. März 2008
Was für ein Käse! ...zarter Schmelz aus Milch, natürlich und „Odenwaldecht"

12. – 27. April 2008
Lammwochen...
Odenwälder Frühlingstage für kulinarische Schäferstündchen

21. Juni – 6. Juli 2008
„Genießen ganz ohne Haken"
Sommerleichte Schlemmerwochen für Freunde von Forelle & Co.

18. - 27. Juli 2008
Odenwald-Gasthaus auf dem Erbacher Wiesenmarkt

2. – 17. August 2008
„Es grünt so grün"
Knackfrische Küchenkräuter aus kreativen Kräuterküchen

20. September – 5. Oktober 2008
Odenwälder Kartoffelwochen
„Ausgemachtes Ackergold –
Der Odenwälder Bodenschatz"

18. Oktober – 2. November 2008
„Im Reich der runden Roller"
Kürbis – Da wird jeder Biss zur Kür!

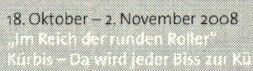

29. November – 21. Dezember 2008
Lebkuchen
Die herzliche Adventküche

21. Januar – 12. Februar 2009
Meerrettich –
„Wunderbare Wurzel mit Pfiff"

Weitere Info und alle Mitgliedsbetriebe unter:
www.odenwald-gasthaus.de
oder im Touristikzentrum Odenwald
Marktplatz 1
64711 Erbach
Tel: (0 60 62) 94 33 60

www.sparkasse-odenwaldkreis.de

Gut.

Gut.

Gut.

Gut.

Gut.

Sparkasse.
Gut für den Odenwald.

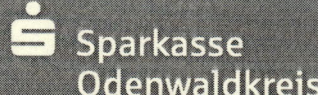

Sparkasse
Odenwaldkreis

Als Sparkasse haben wir einen klaren öffentlichen Auftrag. Wir sind wichtiger Finanzpartner der Menschen im Landkreis. Wir sind die Hausbank des gewerblichen Mittelstandes. Die Sparkasse und ihre Stiftung zählen zu den größten Förderern von Kunst und Kultur, Bildung und Wissenschaft sowie Umwelt und Soziales in der Region.